AF569719

((● **Steidl Nocturnes**

Virginia Woolf
Die Witwe und der Papagei

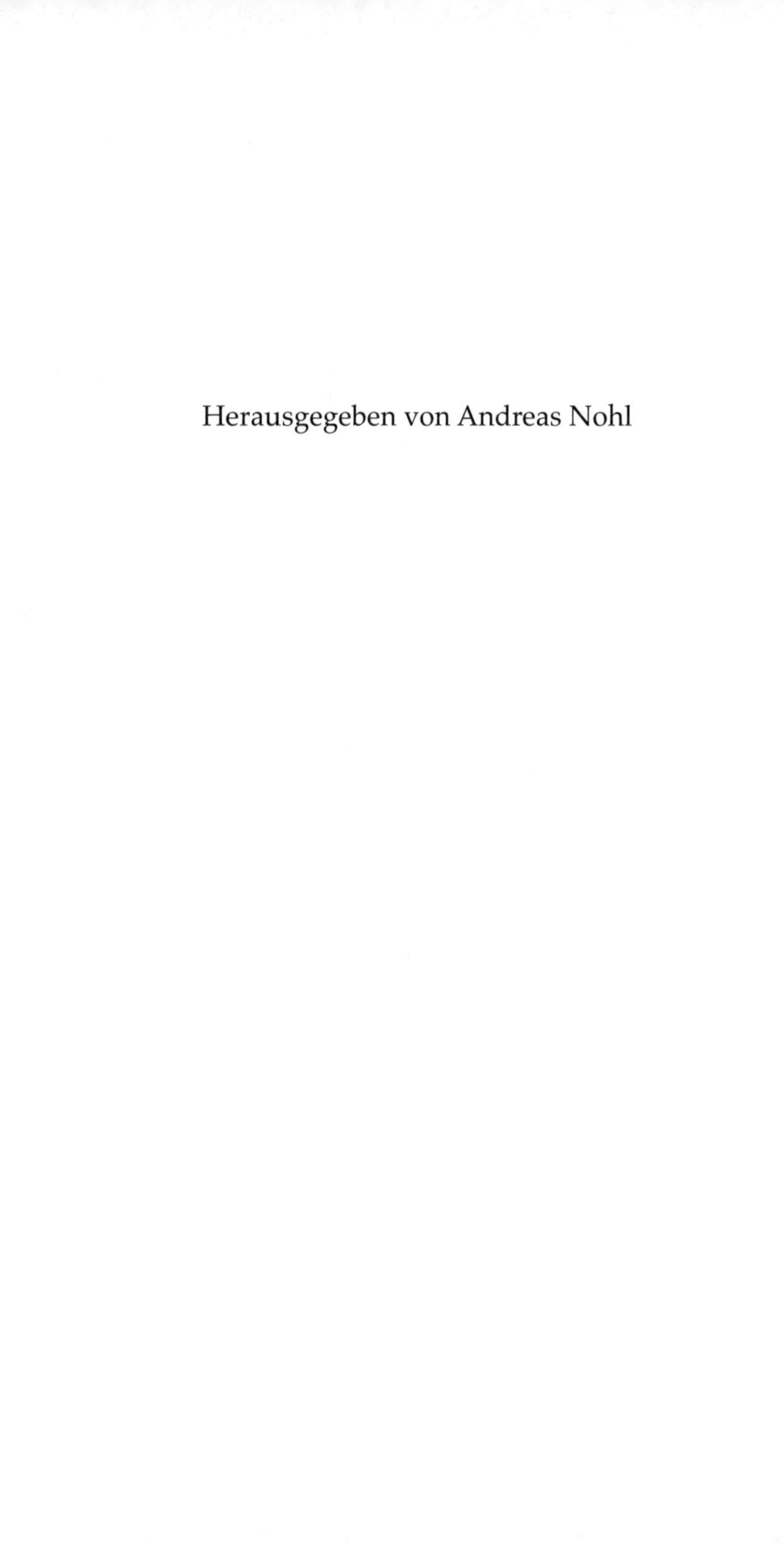

Herausgegeben von Andreas Nohl

Virginia Woolf

Die Witwe und der Papagei

Erzählungen

Aus dem Englischen von Liat Himmelheber

Steidl Nocturnes

Inhalt

Die Witwe und der Papagei
Eine wahre Geschichte

In einem Dorf namens Spilsby in Yorkshire saß vor etwa fünfzig Jahren Mrs. Gage, eine ältliche Witwe, in ihrem Cottage. Obgleich sie hinkte und ziemlich kurzsichtig war, arbeitete sie angestrengt daran, ein Paar Holzschuhe zu reparieren, denn sie hatte nur einige wenige Schillinge pro Woche zum Leben. Während sie noch an einem Holzschuh herumhämmerte, öffnete der Briefträger die Tür und warf ihr einen Brief in den Schoß.

Dieser trug den Absender »Messrs. Stagg und Beetle, 67 High Street, Lewes, Sussex«.

Mrs. Gage öffnete ihn und las:

»Verehrte Dame, wir haben die Ehre, Ihnen den Tod Ihres Bruders, Mr. Joseph Brand, anzuzeigen.«

»Du lieber Gott«, sagte Mrs. Gage. »Ist mein alter Bruder Joseph endlich gestorben!«

»Er hinterlässt Ihnen seinen gesamten Besitz«, fuhr der Brief fort, »welcher aus einem Wohnhaus mit Stall, Gurken-Frühbeeten, Wäschemangeln, Schubkarren &c., &c. im Dorf Rodmell bei Lewes besteht. Er vermacht Ihnen auch sein gesamtes Barvermögen von £ 3000 (dreitausend Pfund) Sterling.«

Mrs. Gage fiel vor Freude fast ins Feuer. Sie hatte ihren Bruder seit Jahren nicht mehr gesehen, und da er nicht einmal auf die Weihnachtskarten reagierte, die sie ihm jedes Jahr schickte, hatte sie den Eindruck, dass er ihr in seinem Geiz, den sie aus Kindertagen nur zu gut kannte, nicht einmal die Pennybriefmarke für eine Antwort gönnte. Aber jetzt hatte sich alles zu ihren Gunsten entwickelt.

Mit dreitausend Pfund, von dem Haus &c., &c. ganz zu schweigen, konnten sie und ihre Familie für immer und ewig ein Luxusleben führen.

Sie beschloss, Rodmell sofort einen Besuch abzustatten. Der Dorfpfarrer, Reverend Samuel Tallboys, lieh ihr zwei Pfund zehn für die Fahrkarte, und schon am nächsten Tag war sie mit allen Reisevorbereitungen fertig. Die Hauptsache war die Versorgung ihres Hundes Shag während ihrer Abwesenheit, denn trotz ihrer Armut war sie sehr tierlieb und schränkte sich lieber selber ein, als ihrem Hund seinen Knochen vorzuenthalten.

Sie erreichte Lewes spät am Dienstagabend. Zu jener Zeit, das solltet ihr wissen, gab es bei Southease noch keine Brücke über den Fluss, und auch die Straße nach Newhaven war noch nicht gebaut. Um nach Rodmell zu kommen, musste man den Fluss Ouse in einer Furt überqueren, von der auch heute noch Spuren zu sehen sind, aber das durfte man nur bei Ebbe wagen, wenn die Steine im Flussbett aus dem Wasser hervorschauten. Mr. Stacey, der Bauer, fuhr mit seinem Pferdewagen nach Rodmell und bot freundlicherweise an, Mrs. Gage mitzunehmen. Sie erreichten Rodmell gegen neun Uhr in einer Novembernacht, und Mr. Stacey war so liebenswürdig, ihr das Haus am Dorfende zu zeigen, das ihr Bruder ihr hinterlassen hatte. Mrs. Gage klopfte an die Tür. Nichts rührte sich. Sie klopfte noch einmal. Eine seltsame, hohe Stimme kreischte: »Keiner da!« Sie war so erschrocken, dass sie beinahe geflohen wäre, hätte sie nicht Schritte gehört. Und schon wurde die Tür von einer alten Dorfbewohnerin namens Mrs. Ford geöffnet.

»Wer hat denn ›Keiner da‹ geschrien?«, fragte Mrs. Gage.

»Der verdammte Vogel!«, sagte Mrs. Ford mürrisch und deutete auf einen großen, grauen Papagei. »Der schreit mir fast die Ohren ab. Hockt den ganzen Tag auf seiner Stange wie eine Steinfigur, und kaum kommt man ihm zu nahe, kreischt er ›Keiner da‹.« Es war ein schöner Vogel, wie

Mrs. Gage feststellen konnte, aber sein Federkleid war arg vernachlässigt. »Vielleicht ist er unglücklich, oder er hat Hunger«, sagte sie. Aber Mrs. Ford meinte, er sei bloß schlechter Laune, er habe einem Seemann gehört und im Osten sprechen gelernt. Allerdings, fügte sie hinzu, habe Mr. Jones ihn sehr gern gehabt und ihn James genannt, und angeblich habe er mit ihm geredet, als sei er ein vernünftiges Wesen. Kurz darauf ging Mrs. Ford. Sogleich holte Mrs. Gage aus ihrem Holzkoffer ein paar Zuckerstücke, die sie eingepackt hatte, und gab sie dem Papagei. Dabei sagte sie mit freundlicher Stimme, sie wolle ihm nichts Böses, sie sei die Schwester seines alten Herrn und gekommen, das Haus in Besitz zu nehmen, und sie würde dafür sorgen, dass er es so gut wie irgend möglich hätte. Dann nahm sie eine Laterne und machte eine Runde durchs Haus, um herauszufinden, was für eine Immobilie ihr Bruder ihr hinterlassen hatte. Es war eine bittere Enttäuschung. Alle Teppiche hatten Löcher. Den Stühlen fehlten die Sitzflächen. Ratten liefen den Kaminsims entlang. Aus dem Küchenfußboden wuchsen große Pilze. Kein einziges Möbelstück war mehr als siebeneinhalb Pence wert, und Mrs. Gages einziger Trost war der Gedanke an die dreitausend Pfund, die warm und sicher in Lewes auf der Bank lagen.

Sie beschloss, sich am nächsten Tag nach Lewes auf den Weg zu machen, um bei den Anwälten Messrs. Stagg und Beetle ihren Anspruch auf das Vermögen anzumelden und dann so schnell wie möglich heimzukehren. Mr. Stacey, der mit einigen prächtigen Berkshire-Schweinen zum Markt fuhr, bot ihr wieder an, sie mitzunehmen, und erzählte ihr auf der Fahrt Schauergeschichten über junge Leute, die ertrunken waren, als sie bei Flut versucht hatten, den Fluss zu überqueren. Doch kaum dass die arme alte Frau Mr. Staggs Büro betreten hatte, wurde ihr eine große Enttäuschung zuteil.

»Nehmen Sie doch bitte Platz, Madam«, sagte er mit feierlicher Miene und ächzte leise. »Tatsache ist«, fuhr er fort, »dass Sie sich auf eine sehr unangenehme Nachricht gefasst machen müssen. Nachdem ich an Sie geschrieben hatte, habe ich Mr. Brands Papiere sehr genau durchgesehen. Ich bedaure sagen zu müssen, dass ich nicht die geringste Spur von den dreitausend Pfund habe finden können. Mr. Beetle, mein Partner, ist persönlich nach Rodmell gefahren und hat das Anwesen mit größter Sorgfalt durchsucht. Er hat absolut nichts gefunden – kein Gold, Silber oder sonstige Wertgegenstände – abgesehen von einem ansehnlichen grauen Papagei, den Sie meistbietend verkaufen sollten, wenn ich Ihnen einen Rat geben darf. Seine Ausdrucksweise, meinte Benjamin Beetle, ist sehr unflätig. Aber das besagt nichts. Ich fürchte, Sie haben die Reise umsonst unternommen. Das Anwesen ist heruntergekommen, und unsere Auslagen waren natürlich beträchtlich.« Hier hielt er inne, und Mrs. Gage verstand deutlich, dass er sie los sein wollte. Sie war fast wahnsinnig vor Enttäuschung. Nicht nur hatte sie sich zwei Pfund zehn vom Reverend Samuel Tallboys geliehen, sie würde auch mit leeren Händen nach Hause zurückkehren, denn sie musste James, den Papagei, verkaufen, um ihre Fahrkarte bezahlen zu können. Es regnete heftig, aber Mr. Stagg versuchte mit keinem Wort, sie zurückzuhalten, und sie war dermaßen außer sich vor Sorge, dass sie kaum wusste, was sie tat. Trotz des Regens machte sie sich zu Fuß querfeldein auf den Heimweg nach Rodmell.

Wie ich zuvor schon bemerkte, hinkte Mrs. Gage mit dem rechten Bein. In ihren besten Stunden ging sie langsam, und jetzt kam sie infolge ihrer Enttäuschung und des matschigen Uferdamms nur überaus langsam voran. Während sie sich dahinschleppte, wurde es immer dunkler, und sie konnte sich gerade noch auf dem erhöhten Weg am Fluss halten. Ihr hättet hören können, wie sie murrte und auf ihren Bruder Joseph schimpfte, der ihr solche Unannehmlichkeiten zugemutet hatte, »mit Absicht«, sagte sie, »um mich zu ärgern. Schon als wir noch klein waren, war er ein grausamer Junge«, fuhr sie fort. »Es machte ihm Spaß, arme Insekten zu quälen, und ich habe mit eigenen Augen gesehen, wie er eine haarige Raupe mit einer Schere kahlgeschoren hat. Außerdem war er so ein Geizkragen. Er hat sein Taschengeld immer in einem Baum versteckt, und wenn ihm jemand ein Stück Kuchen zum Tee geschenkt hat, dann hat er den Zuckerguss abgekratzt und fürs Abendessen aufgehoben. Ich habe keinen Zweifel, dass er in diesem Augenblick in der Hölle schmort, aber soll das vielleicht ein Trost sein?«, fragte sie, und es war ja in der Tat ein sehr schwacher Trost, denn sie stieß, patsch, mit einer großen Kuh zusammen, die den Damm entlangkam, und kullerte in den Schlamm.

Sie rappelte sich auf, so gut es ging, und stapfte weiter. Es kam ihr vor, als sei sie schon stundenlang unterwegs. Inzwischen war es stockfinster, und sie konnte kaum die Hand vor Augen sehen. Plötzlich fielen ihr die Worte von Bauer Stacey über die Furt ein. »Du lieber Gott«, sagte sie, »wie soll ich denn meinen Weg durch den Fluss finden? Wenn Flut ist, dann steige ich ins tiefe Wasser und werde im Nu ins offene Meer hinausgeschwemmt! Viele Pärchen sind hier schon ertrunken, von Pferden, Karren, Viehherden und Heuhaufen ganz zu schweigen.«

In der Tat saß sie bei dieser Dunkelheit und dem Matsch ziemlich in der Tinte. Sie konnte kaum das Wasser erkennen und noch viel weniger feststellen, ob sie die Furt erreicht hatte oder nicht. Nirgendwo war ein Licht zu sehen, denn, wie ihr vielleicht wisst, gibt es auf dieser Flussseite kein Cottage oder Herrenhaus, bevor man Asheham House erreicht – seit kurzem der Wohnsitz von Mr. Leonard Woolf. So blieb ihr scheinbar nichts anderes übrig, als sich hinzusetzen und den Morgen abzuwarten. Aber in ihrem Alter, mit dem Rheumatismus in den Knochen, konnte sie erfrieren. Andererseits würde sie mit großer Sicherheit ertrinken, wenn sie versuchte, den Fluss zu überqueren. Sie fühlte sich so elend, dass sie gerne mit einer der Kühe auf der Weide getauscht hätte. In der gesamten Grafschaft Sussex hätte man keine verzweifeltere alte Frau finden können, wie sie da am Flussufer stand und nicht wusste, ob sie sich auf den Boden setzen oder schwimmen oder sich einfach im Gras, so nass es war, zusammenrollen und schlafen oder erfrieren sollte, je nachdem, was ihr vom Schicksal beschieden war.

Doch in diesem Moment geschah etwas Wunderbares. Ein grelles Licht schoss wie eine riesige Fackel in den Himmel, beleuchtete jeden Grashalm und zeigte ihr die Furt, kaum zwanzig Meter entfernt. Es war Ebbe und die Überquerung sollte kein Problem sein, wenn nur das Licht nicht ausging, ehe sie drüben war.

»Das muss ein Komet oder sonst ein ungeheuerliches Wunder sein«, sagte sie, während sie hinüberhumpelte. Sie konnte das Dorf Rodmell hell erleuchtet vor sich erkennen.

»Gott schütze uns!«, rief sie aus. »Da brennt ein Haus – dem Herrn sei Lob und Dank« – denn ihr war klar, dass es einige Minuten dauert, bis ein Haus niedergebrannt ist, und in dieser Zeit wäre sie leicht auf dem Weg zum Dorf.

»Das ist ein schlimmer Wind, der niemand etwas Gutes bringt«, sagte sie, als sie die Römerstraße entlanghumpelte. Wie erwartet, konnte sie jeden Zentimeter des Weges sehen, und sie war schon fast auf der Dorfstraße, als ihr zum ersten Mal der Gedanke kam: »Vielleicht ist das überhaupt mein Haus, das da vor meinen Augen zu Asche zerfällt!«

Da hatte sie vollkommen recht.

Ein kleiner Junge im Nachthemd hüpfte ihr entgegen und rief: »Komm gucken. Das Haus vom alten Joseph Brand brennt lichterloh!«

Alle Dorfbewohner umringten das Haus und reichten Wassereimer weiter, die am Brunnen in der Küche von

Monks House gefüllt wurden, und schütteten sie in die Flammen. Aber das Feuer hatte sich schon sehr weit vorangefressen, und gerade, als Mrs. Gage eintraf, stürzte das Dach ein.

»Hat jemand den Papagei gerettet?«, rief sie.

»Sie sollten dankbar sein, dass Sie nicht selber da drin sind, Madam«, sagte seine Ehrwürden James Hawkesford, der Pfarrer. »Machen Sie sich keine Gedanken um die stumme Kreatur. Ich habe keinen Zweifel, dass der Papagei gnädig auf seiner Stange erstickt ist.«

Aber Mrs. Gage war fest entschlossen, selber nachzuschauen. Sie musste von den Dorfleuten festgehalten werden, die meinten, sie sei wohl verrückt geworden, wenn sie ihr Leben für einen Vogel aufs Spiel setzte.

»Die arme alte Frau«, sagte Mrs. Ford, »sie hat ihren gesamten Besitz verloren, abgesehen von einem alten Holzkoffer mit ihrem Übernachtungszeug. Gewiss wären wir an ihrer Stelle auch halb wahnsinnig.«

Mit diesen Worten nahm Mrs. Ford Mrs. Gage bei der Hand und führte sie zu ihrem eigenen Cottage, wo sie in dieser Nacht schlafen sollte. Das Feuer war nun gelöscht, und alle gingen nach Hause ins Bett.

Aber die arme Mrs. Gage konnte nicht schlafen. Sie wälzte sich hin und her und dachte an ihr Elend und überlegte, wie sie nach Yorkshire zurückkehren und Reverend Samuel Tallboys ihre Schulden zurückzahlen sollte. Noch mehr Kummer machte ihr aber das Schicksal des armen Papageis James. Sie hatte den Vogel liebgewonnen, denn er musste doch ein zärtliches Herz besitzen, wenn er den Tod des alten Joseph Brand so betrauerte, der keinem menschlichen Wesen je etwas Gutes getan hatte. Es war ein schrecklicher Tod für einen unschuldigen Vogel, fand sie, und wenn sie bloß rechtzeitig gekommen wäre, hätte sie ihr eigenes Leben riskiert, um seines zu retten.

Sie lag im Bett und dachte diese Gedanken, als ein leises

Klopfen am Fenster sie aufschreckte. Das Klopfen wurde dreimal wiederholt. Mrs. Gage stieg, so schnell sie konnte, aus dem Bett und trat ans Fenster. Zu ihrer gehörigen Überraschung saß auf dem Fensterbrett ein riesiger Papagei. Der Regen hatte aufgehört und es war eine helle Mondnacht. Zunächst war sie sehr erschrocken, doch dann erkannte sie James, den Graupapagei, und war außer sich vor Freude über seine Rettung. Sie öffnete das Fenster, streichelte mehrmals seinen Kopf und bat ihn herein. Zur Antwort wiegte der Papagei sanft den Kopf hin und her, flog auf den Boden, ging ein paar Schritte vorwärts, wandte den Kopf, als wollte er sehen, ob Mrs. Gage mitkam, und kehrte dann aufs Fensterbrett zurück, vor dem sie staunend stehengeblieben war.

»Das Tier handelt mit mehr Sinn, als wir Menschen ahnen«, sagte sie zu sich selbst. »Nun gut, James«, sagte sie dann laut zu ihm, als sei er ein menschliches Wesen, »ich nehme dich beim Wort. Warte aber einen Augenblick, ich will mir nur noch etwas Anständiges anziehen.«

Mit diesen Worten befestigte sie mit Nadeln eine weite Trägerschürze an ihrem Nachtgewand, schlich so leise wie möglich die Treppe hinunter und verließ das Haus, ohne Mrs. Ford zu wecken.

Damit war der Papagei James offensichtlich zufrieden. Nun hüpfte er eilig einige Meter vor ihr auf das verbrannte Haus zu. Mrs. Gage folgte ihm so schnell sie konnte. Als wüsste er den Weg ganz genau, hüpfte der Papagei zur Rückseite des Hauses, wo ursprünglich die Küche gewesen war. Inzwischen war davon nichts mehr übrig als der Backsteinboden, auf dem immer noch das Löschwasser stand. Voller Staunen blieb Mrs. Gage stehen, während James herumhüpfte und hier und da pickte, als wollte er mit dem Schnabel die Ziegelsteine untersuchen. Es war recht unheimlich anzusehen, und wäre Mrs. Gage nicht an das Zusammenleben mit Tieren gewöhnt gewesen, hätte sie sehr wahrscheinlich die Nerven verloren und wäre wieder nach Hause gehumpelt. Aber es sollte noch seltsamer kommen. Während der ganzen Zeit hatte der Papagei kein Wort gesagt. Doch plötzlich wurde er schrecklich aufgeregt, schlug mit den Flügeln, hackte immer wieder mit dem Schnabel auf den Boden ein und kreischte so schrill »Keiner da! Keiner da!«, dass Mrs. Gage fürchtete, er würde das ganze Dorf aufwecken.

»Führ dich nicht so auf, James, du tust dir noch weh«, sagte sie besänftigend. Aber er wiederholte seinen Angriff auf die Ziegelsteine noch heftiger als zuvor.

»Was kann das bloß bedeuten?«, sagte Mrs. Gage und betrachtete eingehend den Küchenfußboden. Im hellen Mondlicht konnte sie erkennen, dass einige Backsteine nicht ganz eben lagen, als hätte jemand sie herausgenommen und nicht wieder ganz so tief wie die anderen eingefügt. Sie hatte ihre Schürze mit einer großen Sicherheitsnadel befestigt, und als sie die nun zwischen die Steine steckte, merkte sie, dass sie nur locker nebeneinander lagen. Kurz darauf hielt sie einen davon in der Hand. Kaum hatte sie das getan, hüpfte der Papagei auf den Backstein daneben, pickte fest darauf und schrie: »Keiner da!«, woraus Mrs. Gage schloss, dass sie auch diesen herausnehmen sollte. So fuhren sie fort, im Mondlicht die Ziegelsteine herauszunehmen, bis sie eine etwa sechs mal viereinhalb Fuß große Fläche abgedeckt hatten. Dies schien dem Papagei zu genügen. Aber was sollte nun geschehen?

Mrs. Gage machte eine Pause und beschloss, sich einzig und allein von James, dem Papagei, leiten zu lassen. Sie durfte aber nicht lange ausruhen. Nachdem er einige Minuten in dem sandigen Untergrund gescharrt hatte, wie man auch Hühner mit ihren Krallen im Sand scharren sieht, brachte er etwas zum Vorschein, das aussah wie ein runder, gelblicher Steinklumpen. Seine Aufregung wurde nun so groß, dass Mrs. Gage ihm zu Hilfe eilte. Zu ihrem Erstaunen stellte sie fest, dass die ganze Fläche, die sie aufgedeckt hatten, angefüllt war mit langen Rollen dieser runden gelben Steine, die so sauber nebeneinander gepackt waren, dass es einige Mühe kostete, sie zu bewegen. Aber was konnte das bloß sein? Und zu welchem Zweck hatte man sie hier versteckt? Erst als sie die gesamte oberste Schicht abgetragen hatten und danach noch ein Stück Wachstuch, das darunter lag, bot sich ihren Augen ein überaus wundervoller Anblick – da lagen Reihe auf Reihe, schön poliert und im Mondlicht glitzernd, Tausende von nagelneuen Sovereigns!!!!

Das also war das Versteck des Geizkragens, und er hatte sogar durch zwei außergewöhnliche Vorsichtsmaßnahmen sichergestellt, dass niemand es entdecken würde. Zuerst hatte er, wie sich später herausstellte, einen Herd über der Stelle errichtet, wo sein Schatz verborgen war, so dass ohne die Feuersbrunst niemand von seiner Existenz etwas hätte ahnen können. Sodann hatte er die obere Schicht der Sovereigns mit einer klebrigen Substanz überzogen und sie danach in Erde gewälzt, damit selbst dann, wenn zufällig einer davon bloßgelegt worden wäre, niemand etwas anderes darin gesehen hätte als einen Kieselstein, wie man sie tagtäglich im Garten sieht. Allein durch das außergewöhnliche Zusammentreffen des Feuers mit der Schlauheit des Papageis wurde also die List des alten Joseph zunichtegemacht.

Mrs. Gage und der Papagei arbeiteten nun mit vereinten Kräften und hoben den gesamten Schatz – der sich auf dreitausend Goldstücke belief, nicht mehr und nicht weniger – und legten ihn auf ihre Schürze, die sie auf dem Boden ausgebreitet hatte. Als die dreitausendste Münze auf den Haufen gelegt worden war, flog der Papagei triumphierend in die Höhe und landete sehr sanft auf Mrs. Gages Kopf. In dieser Formation kehrten sie zu Mrs. Fords Cottage zurück, sehr langsam, denn Mrs. Gage humpelte, wie ich bereits gesagt habe, und jetzt wurde sie vom Inhalt ihrer Schürze fast bis zum Boden niedergedrückt. Aber sie erreichte ihr Zimmer, ohne dass irgendjemand ihren Besuch in dem zerstörten Haus bemerkte.

Am nächsten Tag kehrte sie nach Yorkshire zurück. Mr. Stacey fuhr sie wieder nach Lewes und war recht überrascht, wie schwer Mrs. Gages Holzkoffer geworden war. Aber er war ein stiller Mann und zog lediglich den Schluss daraus, dass die netten Menschen in Rodmell ihr ein paar Kleinigkeiten geschenkt hatten, um sie über den schrecklichen Verlust ihres gesamten Besitzes durch das Feuer zu trösten. Aus purer Herzensgüte bot Mr. Stacey an, ihr den Papagei für zweieinhalb Shilling abzukaufen, aber Mrs. Gage lehnte sein Angebot empört ab und sagte, sie würde den Vogel nicht für den gesamten Reichtum beider Indien verkaufen, so dass er zu dem Schluss kam, die alte Frau sei über ihren Schrecknissen verrückt geworden.

Es bleibt nur noch zu sagen, dass Mrs. Gage heil und gesund nach Spilsby zurückkehrte. Sie brachte ihren schwarzen Holzkoffer zur Bank und lebte mit James, dem Papagei, und dem Hund Shag in Glück und Zufriedenheit bis ins hohe Alter.

Erst auf dem Totenbett erzählte sie dem Pfarrer (dem Sohn von Reverend Samuel Tallboys) die ganze Geschichte und fügte hinzu, sie sei überzeugt, der Papagei James habe absichtlich das Haus in Brand gesteckt. Er habe ihre Gefahrensituation am Flussufer gespürt, sei in die Spülküche geflogen und habe den Ölofen umgeworfen, wo ein paar Reste für ihr Abendessen warmgehalten wurden. Durch diese Leistung habe er sie nicht nur vor dem Ertrinken bewahrt, sondern auch die dreitausend Pfund ans Licht gebracht, die nur auf diese Weise gefunden werden konnten. Das ist der Lohn, sagte sie, wenn man zu Tieren freundlich ist.

Der Pfarrer hielt das für Wahnvorstellungen. Aber es unterliegt keinem Zweifel, dass James, der Papagei, als sie den letzten Atemzug getan hatte, kreischte: »Keiner da! Keiner da!« und mausetot von seiner Stange fiel. Der Hund Shag war schon einige Jahre vorher gestorben.

Wenn man Rodmell besucht, kann man immer noch die Ruinen des Hauses sehen, das vor fünfzig Jahren niedergebrannt ist, und es wird allgemein gesagt, man könne, wenn man es im Mondlicht aufsucht, einen Papagei mit dem Schnabel auf dem Ziegelboden herumpicken hören, während andere dort eine alte Frau mit weißer Schürze haben sitzen sehen.

Handfeste Gegenstände

Nichts bewegte sich auf dem weiten Halbrund des Strands, außer einem kleinen schwarzen Punkt. Als dieser Punkt dem Gerippe des gestrandeten Sardinenboots näherkam, verriet eine gewisse Durchlässigkeit seiner Schwärze, dass er über vier Beine verfügte, und mehr und mehr kristallisierte sich heraus, dass er sich aus den Gestalten zweier junger Männer zusammensetzte. Allein ihre Silhouette vor dem Sand vermittelte eine lebhafte Vitalität, eine schwer zu beschreibende spannungsgeladene Energie, mit der die beiden Körper sich, wenn auch geringfügig, annäherten und voneinander entfernten, und ließ erkennen, dass die winzigen Münder in den kleinen runden Köpfen einen heftigen Disput austrugen. Dies bestätigte sich bei näherem Hinsehen durch das wiederholte Vorwärtsschwingen eines Spazierstocks zur Rechten. »Du willst behaupten … Du glaubst wirklich …«, schien sich der Spazierstock nahe den Wellen auf der rechten Seite zu empören, während er lange, gerade Streifen in den Sand schnitt.

»Die Politik kann mir gestohlen bleiben!«, ertönte klar vernehmlich aus dem Körper zur Linken, und beim Klang dieser Worte wurden Münder, Nasen, Kinnpartien, Schnurrbärte, Tweedkappen, Wanderstiefel, Jägerjacken und die karierten Strümpfe der beiden Sprechenden immer deutlicher; Rauch stieg aus ihren Pfeifen; auf Meer und Dünen war meilenweit nichts so handfest, so lebendig, so hart, rot, behaart und männlich wie diese beiden Körper.

Sie ließen sich neben den sechs Rippen am Rückgrat des schwarzen Sardinenboots nieder. Man kennt das, wenn der

Körper einen Streit sozusagen abschüttelt und sich für die überhitzte Stimmung entschuldigt, sich niederlässt und durch seine lockere Haltung ausdrückt, dass er bereit ist für etwas Neues – was auch immer sich als Nächstes bietet. So begann Charles, dessen Stock über etwa eine halbe Meile den Strand aufgeschlitzt hatte, flache Schiefersteine über das Wasser hüpfen zu lassen, und John, der gerufen hatte: »Die Politik kann mir gestohlen bleiben!«, wühlte seine Finger tief, tief hinein in den Sand. Während seine Hand weiter und weiter bis über das Handgelenk vordrang, so dass er seinen Ärmel ein wenig hinaufschieben musste, verloren seine Augen ihre Intensität, oder vielmehr verschwand der Hintergrund aus Gedanken und Erfahrung, der den Augen erwachsener Menschen eine undurchdringliche Tiefe verleiht, und zurück blieb die klare, durchscheinende Oberfläche, die ein Staunen ausdrückte, wie es sich in den Augen kleiner Kinder zeigt. Ohne Zweifel hatte das Wühlen im Sand etwas damit zu tun. Er erinnerte sich daran, dass nach einigem Graben das Wasser um die Fingerspitzen sickert, und dann wird aus dem Loch ein Burggraben, ein Brunnen, eine Quelle, ein Geheimkanal zum Meer. Er hatte noch nicht entschieden, was von diesen Dingen er bauen wollte, arbeitete immer noch mit den Fingern im Wasser, da schlossen sie sich um etwas Hartes, Handfestes, machten langsam ein großes, unregelmäßig geformtes Stück Materie los und beförderten es an die Oberfläche. Als es vom Sand gereinigt war, kam eine grüne Färbung zum Vorschein. Es war ein Klumpen Glas, so dick, dass es beinahe undurchsichtig wirkte; das Meer hatte Kanten und Form glattgeschliffen, so dass man unmöglich sagen konnte, ob es eine Flasche, ein Glas oder eine Fensterscheibe gewesen war; es war einfach nur Glas, fast ein Edelstein. Man musste es bloß in Gold fassen oder einen Draht hindurchbohren, dann wäre es ein Schmuckstück, Teil einer Kette oder ein mattgrünes Licht an einem Finger. Vielleicht war es sogar wirklich ein kostbarer Stein, den eine dunkle Prinzessin getragen hatte, als sie im Bootsheck saß, ihre Finger ins Wasser hängen ließ und dem Gesang der Sklaven lauschte, die sie über die Bucht ruderten. Oder die Eichenbretter einer versunkenen elisabethanischen Schatzkiste waren auseinandergebrochen und ihre Smaragde wurden um und um, um und um gerollt, bis sie schließlich ans Ufer kamen. John wandte ihn hin und her, er hielt ihn gegen das Licht, er hielt ihn so, dass die unregelmäßige Masse den Körper und den ausgestreckten Arm seines Freundes verdeckte. Das Grün verdünnte und verdickte sich leicht, wenn man es gegen den Himmel oder an den Körper hielt. Es erfreute ihn; es verwunderte ihn; es war so hart, so konzentriert, als Gegenstand so eindeutig, verglichen mit dem verschwommenen Meer und dem dunstigen Ufer.

Dann riss ihn ein Seufzer – tief und endgültig – aus seinen Gedanken; sein Freund Charles hatte alle flachen Steine in Reichweite bereits geworfen oder war zu dem Schluss gekommen, dass es nicht der Mühe wert war, sie zu werfen. Seite an Seite aßen sie ihre Sandwiches. Als sie fertig waren und beim Aufstehen den Sand abklopften, hob John den Glasklumpen auf und betrachtete ihn schweigend. Auch Charles betrachtete ihn. Aber er erkannte sofort, dass er nicht flach war, füllte seine Pfeife und sagte mit der Energie, die einen törichten Gedankengang verbannt:

»Wie ich vorhin schon sagte –«

Er bemerkte nicht – und wenn er es bemerkt hätte, wäre es ihm kaum aufgefallen –, dass John den Klumpen einen Moment lang unschlüssig anschaute und ihn dann in seine Tasche gleiten ließ. Auch dieser Impuls war vielleicht jenem des Kindes nicht unähnlich, das auf einem Kiesweg einen bestimmten Kieselstein aufhebt und ihm ein Leben voll Wärme und Sicherheit auf dem Kaminsims im Kinderzimmer verspricht, im Vollgefühl der Macht und Wohltätigkeit, die solch eine Handlung vermittelt, und im festen Glauben, dass dem Stein vor Freude das Herz hüpft, wenn er aus einer Million von Gleichen ausgewählt wird, um dieses Glück zu genießen, statt ein Leben in Kälte und Nässe auf der Straße zu führen. »Es hätte so leicht irgendein anderer aus den Millionen von Steinen sein können, aber ich war es, ich, ich!«

Ob John diesen Gedanken hatte oder nicht, der Glasklumpen bekam seinen Platz auf dem Kaminsims, wo er einen kleinen Stapel Rechnungen und Briefe mit seinem Gewicht zusammenhielt und nicht nur einen hervorragenden Briefbeschwerer abgab, sondern auch den Augen des jungen Mannes einen natürlichen Anhaltspunkt bot, sobald sie von seinem Buch abschweiften. Wenn der Sinn, der eigentlich an etwas ganz anderes denkt, wieder und wieder halb bewusst einen Gegenstand wahrnimmt, vermischt sich dieser so vollständig mit dem Stoff der Gedanken, dass er seine tatsächliche Form verliert und sich neu und ein wenig anders zu einer Idealform zusammensetzt, von der das Gehirn gerade dann heimgesucht wird, wenn man es am wenigsten erwartet. Daher fühlte John sich plötzlich auf Spaziergängen von den Auslagen der Trödelläden angezogen, nur weil er etwas sah, das ihn an den Glasklumpen erinnerte. Alles, sofern es ein mehr oder weniger runder Gegenstand war, der vielleicht eine verlöschende Flamme tief in seiner Masse bewahrte, alles – Porzellan, Glas, Bernstein, Kiesel, Murmel –, selbst das glatte, ovale Ei eines prähistorischen Vogels war ihm recht. Außerdem begann er, den Blick auf den Boden zu richten, vor allem in der Nähe von Brachflächen, wo Haushaltsmüll abgeladen wird. Dort fanden sich häufig solche Gegenstände – weggeworfen, für niemanden nütze, formlos, ausrangiert. Binnen weniger Monate hatte er vier oder fünf Exemplare aufgelesen, die ihren Platz auf dem Kaminsims einnahmen. Sie waren sogar nützlich, denn ein Mann, der für das Parlament kandidiert und eine glanzvolle Karriere vor sich hat, muss eine Menge Papiere in Ordnung halten – Denkschriften an Wähler, politische Programme, Spendenaufrufe, Dinnereinladungen und so weiter.

Als er eines Tages von seiner Wohnung im Temple aufbrach, um mit dem Zug in seinen Wahlkreis zu fahren, wo er eine Rede halten sollte, fiel sein Blick auf einen außergewöhnlichen Gegenstand, der halb versteckt in einem dieser Grasstreifen lag, die große Gerichtsgebäude säumen. Durch den Zaun konnte er ihn gerade eben mit seiner Stockspitze erreichen, aber er sah, dass es eine Porzellanscherbe von höchst bemerkenswerter Form war, geradezu einem Seestern zu vergleichen – absichtlich oder zufällig in fünf unregelmäßige Zacken gebrochen. Die Grundfarbe war blau, aber grüne Streifen oder Flecken überlagerten das Blau, und blutrote Linien gaben ihm einen reichen und höchst anziehenden Glanz. John war entschlossen, das Stück zu besitzen, aber je mehr er stocherte, desto weiter wich es zurück. Schließlich war er gezwungen, in seine Wohnung zurückzukehren und einen improvisierten Drahtring an einem Stock zu befestigen, dank dessen Hilfe er mit Geschick und großer Vorsicht endlich die Porzellanscherbe in die Reichweite seiner Hände bugsieren konnte. Als er sie zu fassen bekam, jauchzte er triumphierend. In diesem Augenblick schlug die Uhr. Es war ausgeschlossen, jetzt noch den Termin einzuhalten. Die Sitzung fand ohne ihn statt. Aber wie hatte die Scherbe in diese auffallende Form brechen können? Nach sorgfältiger Untersuchung bestand kein Zweifel mehr, dass die Sternform zufällig entstanden war, was sie umso befremdlicher wirken ließ, und es schien undenkbar, dass ein weiteres derartiges Objekt existierte. Am anderen Ende des Kaminsimses, gegenüber vom Glasklumpen, der aus dem Sand gegraben worden war, sah die Scherbe aus wie ein Wesen aus einer anderen Welt – unberechenbar und phantastisch wie ein Harlekin. Sie schien durch den Raum zu trudeln und zu blinzeln wie ein unsteter Stern. Der Kontrast zwischen dem so bunten und munteren Porzellan und dem stummen, kontemplativen Glas faszinierte ihn, und staunend und verwundert fragte er sich, wie es möglich war, dass die beiden in derselben Welt existierten und dazu noch auf demselben Marmorblock im selben Zimmer. Die Frage blieb unbeantwortet.

Daraufhin begann er Orte aufzusuchen, die einen besonderen Reichtum an zerbrochenem Porzellan aufweisen, wie zum Beispiel Brachflächen zwischen Eisenbahnlinien, Abbruchgrundstücke und Gemeindewiesen in der Umgebung Londons. Aber Porzellan wird nur selten aus großer Höhe herabgeworfen, das ist eine der seltensten menschlichen Tätigkeiten überhaupt. Man muss ein sehr hohes Haus in Verbindung mit einer Frau von so rücksichtsloser Impulsivität und gedankenloser Leidenschaft finden, dass sie ihren Becher oder Topf direkt aus dem Fenster schleudert, ohne darüber nachzudenken, wer sich darunter befinden könnte. Porzellanscherben fanden sich in Hülle und Fülle, aber sie waren in irgendeinem belanglosen Haushaltsunfall zerbrochen, ohne Zielrichtung und Charakter. Nichtsdestoweniger war er, als er sich mit dieser Frage immer gründlicher befasste, oft verblüfft, welch unendliche Vielfalt an Formen sich allein schon in London fand, und zu noch mehr Erstaunen und Rätselraten gaben die Unterschiede in Qualität und Muster Anlass. Die besten Exemplare nahm er mit nach Hause und stellte sie auf seinen Kaminsims, wo sie aber mehr und mehr rein ornamentale Aufgaben erfüllten, da Papiere, die mit etwas beschwert werden mussten, immer rarer wurden.

Vielleicht vernachlässigte er seine Pflichten oder kam ihnen nur geistesabwesend nach, oder seine Wähler empfingen, wenn sie ihn besuchten, einen ungünstigen Eindruck von seinem Kaminsims. Jedenfalls wurde er nicht gewählt, um sie im Parlament zu vertreten, und als sein Freund Charles, der sich die Sache sehr zu Herzen nahm, herbeieilte, um ihn zu trösten, fand er ihn kaum niedergedrückt von der

Katastrophe und kam zu dem Schluss, sein Freund habe den Ernst der Lage noch nicht gänzlich erfassen können.

In Wirklichkeit war John an diesem Tag auf dem Barnes Common gewesen und hatte dort unter einem Ginsterbusch ein sehr bemerkenswertes Stück Eisen gefunden. Seine Form war fast identisch mit der des Glasklumpens, massiv und kugelig, aber so kalt und schwer, so schwarz und metallisch, dass es offensichtlich seinen Ursprung nicht auf der Erde, sondern auf einem der toten Sterne hatte oder vielleicht ein Stück Schlacke von einem Mond war. Er lastete schwer in seiner Tasche, er lastete auch schwer auf dem Kaminsims, er strahlte Kälte aus. Und doch stand der Meteor auf demselben Kaminsims wie der Glasklumpen und die sternförmige Porzellanscherbe.

Als seine Augen von einem Stück zum nächsten wanderten, wurde der junge Mann von dem Verlangen gequält, Gegenstände zu besitzen, die diese sogar noch übertrafen. Er widmete sich immer entschlossener seiner Suche. Wäre er nicht vom Ehrgeiz zerfressen und überzeugt gewesen, dass er eines Tages durch einen neu entdeckten Müllhaufen seine Belohnung finden würde, hätten die Enttäuschungen, die er erlitt – zu schweigen von der Erschöpfung und dem Spott –, ihn sicher dazu gebracht, die Jagd aufzugeben. Ausgerüstet mit einem Beutel und einem langen Stock, an dem ein ausziehbarer Haken angebracht war, durchstöberte er alle Schuttabladeplätze, scharrte unter verfilztem Gestrüpp, durchsuchte alle Gassen und Hohlräume zwischen Mauern, wo nach seiner Erfahrung derartige weggeworfene Gegenstände zu finden waren. Seine Ansprüche stiegen und sein Geschmack wurde entschiedener, und daher waren die Enttäuschungen nicht mehr zu zählen, doch immer verlockte ihn ein Hoffnungsschimmer, köderte ihn irgendeine Porzellan- oder Glasscherbe mit auffallendem Muster oder ungewöhnlicher Form. Die Tage vergingen. Er war nicht mehr jung. Seine Karriere – das heißt, seine politische

Karriere – war vorbei. Die Leute hörten auf, ihn zu besuchen. Er war so schweigsam, dass es sich nicht lohnte, ihn zum Dinner einzuladen. Er sprach nie mit anderen Menschen über seine ehrgeizigen Ziele; ihr Unverständnis war an ihrem Verhalten abzulesen.

Zurückgelehnt in seinem Sessel sah er zu, wie Charles die Steine, ohne sie überhaupt wahrzunehmen, auf dem Kaminsims ein Dutzendmal aufhob und nachdrücklich wieder absetzte, um zu unterstreichen, was er über die Regierungsführung sagte.

»Was war damals eigentlich los, John?«, fragte Charles plötzlich und wandte sich ihm direkt zu. »Warum hast du Knall auf Fall alles aufgegeben?«

»Ich habe es nicht aufgegeben«, erwiderte John.

»Aber du hast doch nicht den Schatten einer Chance mehr«, sagte Charles schroff.

»Da bin ich anderer Meinung«, sagte John voll Überzeugung. Charles sah ihn an, und ihm war zutiefst unwohl; unerhörte Zweifel peinigten ihn, und er hatte das merkwürdige Gefühl, dass sie über verschiedene Dinge redeten. Er sah sich nach Linderung für seine Niedergeschlagenheit um, aber der unordentliche Zustand des Zimmers deprimierte ihn noch mehr. Was sollten der Stock und die alte Reisetasche, die an der Wand hingen? Und dann diese Steine? Als sein Blick auf John fiel, erschrak er über etwas Starres und weit Entferntes in dessen Gesichtsausdruck. Es war vollkommen klar, dass ein Auftritt auf einer Rednertribüne nicht mehr in Frage kam.

»Hübsche Steine«, bemerkte er so fröhlich er konnte; dann sagte er, er habe eine Verabredung und verließ John – für immer.

Das Mal an der Wand

Es war wohl Mitte Januar dieses Jahres, da fiel mir, als ich hochsah, zum ersten Mal der Fleck an der Wand auf. Um sich eines Datums zu vergewissern, muss man sich erinnern, was man sah. Also denke ich an das Feuer im Kamin; der Schimmer aus gelbem Licht auf meinem Buch; die drei Chrysanthemen in der runden Glasvase auf dem Kaminsims. Ja, es muss Winter gewesen sein, und wir waren gerade fertig mit dem Tee, denn ich weiß, dass ich eine Zigarette rauchte, als ich aufblickte und plötzlich das Mal an der Wand sah. Ich schaute hoch durch den Rauch meiner Zigarette, und mein Blick ruhte einen Moment auf den brennenden Kohlen, und da erwachte in mir die alte Phantasie von der blutroten Fahne, die auf einem Burgturm flattert, und ich dachte an die Kavalkade roter Ritter, die den schwarzen Felsen hinaufreitet. Eigentlich war ich eher erleichtert, dass die Entdeckung des Mals meine Phantasie unterbrach, denn es ist eine alte Phantasie, eine automatische Phantasie, die vielleicht aus Kindertagen stammt. Das Mal war ein kleines, rundes Zeichen, schwarz auf der weißen Wand, etwa sechs oder sieben Zoll über dem Kaminsims.

Mit welcher Eile unsere Gedanken sich doch auf einen neuen Gegenstand stürzen, ihn eine kleine Wegstrecke mitnehmen, wie Ameisen, die sich fieberhaft mit einem Strohhalm abschleppen und ihn dann liegen lassen … Wenn dieses Mal von einem Nagel herrührt, so kann er kein Bild getragen haben, es muss eher eine Miniatur gewesen sein – die Miniatur einer Dame mit weißgepuderten Locken, gepuderten Wangen und Lippen wie rote Nelken. Natürlich reiner Schwindel, denn die Vorbesitzer dieses Hauses pflegten Bilder nach solchen Kriterien auszusuchen: ein altes Bild für ein altes Zimmer. Genau diese Sorte Menschen waren das – sehr interessante Leute, und ich denke sie mir oft an solch komischen Orten, denn man wird sie nie wiedersehen und nie wissen, was danach mit ihnen geschah. Sie wollten dieses Haus verlassen, weil sie ihren Einrichtungsstil ändern wollten, so sagte er, und er war gerade dabei zu erklären, dass seiner Meinung nach hinter Kunst Ideen stecken müssten, als wir auseinandergerissen wurden, so wie man von der alten Dame, die Tee ausschenkt, weggerissen wird und von dem jungen Mann, der gleich den Tennisball im Garten der Vorstadtvilla schlagen wird, während man im Zug vorbeirast.

Aber was das Mal angeht, bin ich nicht mehr so sicher; ich glaube doch nicht, dass es von einem Nagel stammt, dafür ist es zu groß und zu rund. Ich könnte aufstehen, aber wenn ich aufstehe und es mir ansehe, dann stehen die Chancen zehn zu eins, dass ich es nicht mit Gewissheit sagen kann, denn wenn etwas erst einmal geschehen ist, weiß keiner, wie es dazu kam. Ach herrje, das Mysterium des Lebens! Die Unschärfe der Gedanken! Die Unwissenheit des Menschengeschlechts! Zum Beweis, wie wenig Kontrolle wir über unsere Besitztümer haben – was für eine zufällige Sache dieses Leben doch trotz unserer ganzen Zivilisation ist –, will ich nur ein paar Dinge aufzählen, die wir bisher verloren haben, beginnend, denn das kommt mir immer wie der mysteriöseste aller Verluste vor, mit drei blassblauen Blechbehältern voller Buchbinderwerkzeug – welche Katze würde denn so etwas fressen, welche Ratte es zernagen? Dann waren da die Vogelkäfige, die Eisenreifen, die Schlittschuhe mit den Stahlkufen, der Queen-Anne-Kohlenkasten, das Tivoli-Spielbrett, der Leierkasten – alles weg, und ebenso der Schmuck. Opale und Smaragde, sie liegen unter Wurzeln und Rüben. Wie viel muss man abschaben und abschälen, um sich Gewissheit zu verschaffen! Es ist ein Wunder, dass ich überhaupt Kleider am Leib habe und hier sitze, von stabilen Möbeln umgeben. Wenn man ein Bild für das Leben finden will, dann muss man es damit vergleichen, dass man mit fünfzig Meilen pro Stunde durch den U-Bahn-Tunnel geblasen wird – und am anderen Ende ohne eine einzige Haarnadel in der Frisur ankommt! Völlig nackt zu Gottes Füßen herausgeschossen! Kopfüber in die Asphodelienwiesen gepurzelt wie eines der in braunes Papier eingewickelten Päckchen, die im Postamt eine Rutsche hinuntergeworfen werden! Das Haar weht einem wie der Schwanz eines Rennpferds. Ja, so könnte man die Schnelligkeit des Lebens ausdrücken, das ständige Hin und Her von Verfall und Wiederherstellung; alles so zufällig, alles so planlos …

Aber nach dem Leben. Das langsame Herunterziehen dicker grüner Stängel, so dass der Blütenkelch, während er herabsinkt, einen mit violettem und rotem Licht überschwemmt. Warum sollte man nicht auch dort geboren werden, wie man hier geboren wird, hilflos, sprachlos, unfähig, die Augen zu fokussieren, an den Graswurzeln, an den Zehen der Giganten herumtastend? Zu unterscheiden, was Bäume sind und was Männer und Frauen, oder ob es solche Dinge überhaupt gibt, dazu wird man erst nach fünfzig Jahren, oder so, in der Lage sein. Da wird nichts anderes sein als Flächen von Hell und Dunkel, durchkreuzt von dicken Stängeln, und vielleicht weiter oben rosenförmige Kleckse von unbestimmter Farbe – verschwommenes Rosa und Blau –, die im Lauf der Zeit deutlicher werden – zu etwas werden – ich weiß nicht was …

Eigentlich ist das Mal an der Wand überhaupt kein Loch. Es kann sogar von einer runden, schwarzen Masse herrühren, wie einem kleinen Rosenblatt, das vom Sommer übriggeblieben ist, und da ich keine sonderlich aufmerksame

Hausfrau bin – man schaue sich zum Beispiel den Staub auf dem Kaminsims an, den Staub, der, wie es heißt, Troja dreifach begraben hat, wo nur Fragmente von Keramiktöpfen der Vernichtung widerstanden haben, wie man unschwer glauben kann.

Aber ich kenne eine Haushälterin, eine Frau mit dem Profil eines Polizisten – die kleinen Knöpfe zeichnen sich sogar an der Kante ihres Schattens ab – sie hält einen Besen in der Hand, fährt mit dem Daumen über Bilderrahmen, wirft ein Auge unter Betten, und sie redet immer über Kunst. Sie kommt näher und näher, jetzt zeigt sie auf einige gelbliche Rostflecken auf dem Kamingitter, sie wird so bedrohlich, dass ich, um sie zu vertreiben, werde aufstehen und selber nachschauen müssen, was dieses Mal …

Aber nein, ich weigere mich, klein beizugeben. Ich rühre mich nicht. Ich werde sie nicht zur Kenntnis nehmen. Schau, sie verblasst schon. Ich bin sie schon fast los, sie und ihre Anspielungen, die ich deutlich höre. Aber sie trägt die Erbärmlichkeit aller Leute an sich, die andere bloßstellen wollen. Und warum sollte ich es übelnehmen, dass sie ein paar Bücher im Haus hat und ein oder zwei Bilder? Was ich aber wirklich übelnehme ist, dass sie etwas gegen mich hat – das Leben ist schließlich doch eine Sache von Angriff und Verteidigung. Ein andermal werde ich es mit ihr ausfechten, aber nicht jetzt. Jetzt muss sie gehen.

Der Baum vor dem Fenster klopft sacht an die Scheibe … Ich will denken – still und in Ruhe, raumgreifend, nie unterbrochen werden, nie aus meinem Sessel aufstehen, mit Leichtigkeit von einer Sache zur nächsten gleiten ohne ein Gefühl der Feindschaft, ohne Hindernis, ich will tiefer und tiefer sinken, unter die Oberfläche mit ihren harten, säuberlich getrennten Fakten. Zur Beruhigung packe ich den ersten Gedanken, der vorbeikommt … Shakespeare … Nun ja, er erfüllt den Zweck so gut wie jeder andere. Ein Mann, der in einem Lehnsessel Platz nahm und ins Feuer starrte, so – und ständig regneten Ideen aus einem sehr hohen Himmel auf ihn herab und sickerten durch seinen Kopf. Er stützte die Stirn in die Hand, und die Leute, die durch die offene Tür hineinschauten – denn diese Szene muss an einem Sommerabend spielen … Aber wie öde ist das, diese historischen Romane! Das interessiert mich nicht im Geringsten. Könnte ich doch auf einen angenehmen Gedankengang stoßen, einen, der mir indirekt Ehre macht, denn das sind die erfreulichsten Gedanken, und sie kommen durchaus häufig vor, selbst in den Köpfen bescheidener, mausgrauer Leute, die aufrichtig davon überzeugt sind, ungern ihr Lob gesungen zu hören. Das sind keine Gedanken, die einen direkt selbst loben, darin liegt ja ihre Schönheit, es sind Gedanken wie dieser:

»Und dann trat ich ins Zimmer. Sie sprachen über Botanik, ich erzählte, ich hätte auf einem Schutthaufen in Kingsway, wo einmal ein altes Haus stand, eine Blume blühen sehen. Der Same, sagte ich, musste in der Regierungszeit von Charles I. gesät worden sein. ›Was für Blumen wuchsen in der Regierungszeit von Charles I.?‹, fragte ich – (aber die Antwort habe ich vergessen). Hochwachsende Blumen, vielleicht mit violetten Quasten.« Und so geht es weiter. Die ganze Zeit staffiere ich meine Gestalt im Kopf aus, liebevoll, heimlich, nicht mit offensichtlicher Bewunderung, denn sonst würde ich mich ertappen und zum Selbstschutz sofort die Hand nach einem Buch ausstrecken. Es ist eigentlich seltsam, wie man instinktiv sein Selbstbild vor Götzenverehrung oder sonstigem Umgang schützt, der es lächerlich machen könnte oder dem Original so unähnlich, dass es nicht mehr glaubhaft wäre. Aber vielleicht ist es gar nicht so seltsam? Es ist eine höchst wichtige Angelegenheit. Man stelle sich vor, der Spiegel zersplittert, das Bild verschwindet, und die romantische Gestalt mit dem Grün der Waldestiefen rund herum ist nicht mehr da, sondern nur die Hülle der Person, die andere Leute sehen –

was wird das für eine luftlose, seichte, kahle, oberflächliche Welt! Eine Welt, in der man nicht leben kann. Wenn wir uns in Omnibussen und Untergrundbahnen gegenüberstehen, schauen wir in den Spiegel; das erklärt die Unbestimmtheit, den glasigen Schimmer in unseren Augen. Und die Romanautoren der Zukunft werden die Wichtigkeit dieser Spiegelungen immer mehr erkennen, denn natürlich ist da nicht nur ein einziges Spiegelbild, sondern eine beinahe unendliche Zahl; das sind die Tiefen, die sie erforschen, die Phantome, die sie verfolgen werden, sie werden die Beschreibung der Wirklichkeit, deren Kenntnis sie voraussetzen, mehr und mehr weglassen aus ihren Geschichten, wie es die Griechen gemacht haben und vielleicht Shakespeare – aber diese Verallgemeinerungen sind komplett wertlos. Der militärische Klang des Wortes genügt. Er lässt an Leitartikel denken, an Minister – eigentlich an eine ganze Gruppe von Dingen, die man als Kind für die Sache selbst hielt, die maßgebende Sache, die echte Sache, von der man nur unter Gefahr namenloser Verdammnis abweichen konnte. Verallgemeinerungen rufen irgendwie Londoner Sonntage wach, Sonntagnachmittagsspaziergänge, sonntägliche Mittagessen, und auch die Art und Weise, wie man über die Toten spricht, Kleider und Gewohnheiten – wie die Gewohnheit, bis zu einer bestimmten Uhrzeit zusammen in einem Raum zu sitzen, obwohl es niemandem gefiel. Für alles gab es eine Regel. Die damalige Regel für Tischdecken besagte, dass sie aus Gobelinstoff sein mussten, mit kleinen gelben Unterteilungen darin, wie man sie auf Fotografien der Teppiche in den Fluren von Königsschlössern sieht. Tischdecken anderer Art waren keine wirklichen Tischdecken. Wie erschreckend und doch, wie wunderbar war es zu entdecken, dass diese wirklichen Dinge, Sonntagsessen, Sonntagsspaziergänge, Landhäuser und Tischdecken, gar nicht ganz wirklich waren, sondern vielmehr zur Hälfte Phantome, und dass die Verdammnis, der man anheimfiel, wenn man nicht daran glaubte, nur in einem Gefühl unerlaubter Freiheit bestand! Ich frage mich, was heutzutage den Platz dieser Dinge einnimmt, dieser echten maßgebenden Sachen? Vielleicht Männer, wenn man eine Frau ist; der männliche Standpunkt, der unser Leben regiert, der den Maßstab setzt, der Whitakers Almanach festlegt, der allerdings seit dem Krieg vermutlich für viele Männer und Frauen zu einem halben Phantom geworden ist und – das steht zu hoffen – verlacht werden wird, bis er im Mülleimer für Phantome landet, für Mahagoni-Anrichten und die Drucke von Landseer, für Götter und Teufel, die Hölle und so weiter, so dass wir alle mit einem berauschenden Gefühl unerlaubter Freiheit zurückbleiben – sofern es Freiheit überhaupt gibt …

Bei gewissen Beleuchtungsverhältnissen scheint das Mal sogar aus der Wand hervorzuragen. Es ist auch nicht völlig kreisförmig. Ich bin mir nicht ganz sicher, aber es scheint einen wahrnehmbaren Schatten zu werfen, was nahelegt, dass mein Finger, wenn ich mit ihm über diesen Wandstreifen striche, an einem bestimmten Punkt einen winzigen Tumulus hinauf- und hinabsteigen würde, einen Tumulus ohne Unebenheiten, wie diese Erdhügel in den South Downs, von denen es heißt, sie seien entweder Gräber oder Lagerplätze. Von den beiden würde ich Gräber vorziehen, denn ich habe wie die meisten Engländer einen Hang zur Melancholie und empfinde es als naturlich, am Ende einer Wanderung an die Knochen zu denken, die ausgestreckt unter dem Gras liegen … Es muss doch ein Buch darüber geben. Irgendein Altertumsforscher muss diese Knochen ausgegraben und ihnen einen Namen gegeben haben … Was für eine Sorte Mensch sind wohl Altertumsforscher? Größtenteils Oberste außer Dienst, würde ich behaupten, die Gruppen alter Arbeiter auf den Hügel führen, Erdklumpen und Steine untersuchen und einen Briefwechsel mit den Pfarrern der umliegenden Gemeinden anfangen, was ihnen, wenn sie die Briefe beim Frühstück öffnen, ein Gefühl von Bedeutung vermittelt, und der Vergleich von Pfeilspitzen erfordert Reisen durchs ganze Land zu den kleinen Städtchen dort, ein angenehmes Erfordernis für sie wie für ihre ältlichen Gattinnen, die Pflaumenmarmelade einkochen oder das Arbeitszimmer gründlich putzen wollen und alle möglichen Gründe haben, die Frage Lager oder Grab in ständiger Schwebe zu halten, während sich der Oberst auf angenehme Weise philosophisch erhaben fühlt, da er Beweisstücke für beide Seiten der Frage anhäuft. Tatsächlich tendiert er schließlich zur Lagertheorie, und da er sich damit in der Opposition befindet, verfasst er ein Pamphlet, das er bei dem vierteljährlichen Treffen des örtlichen Altertumsvereins vortragen will, als ihn plötzlich der Schlag trifft, und sein letzter bewusster Gedanke gilt nicht Frau und Kind, sondern dem Lager und der Pfeilspitze darin, die jetzt in einer Vitrine im Heimatmuseum liegt, neben dem Fuß einer chinesischen Mörderin, einer Handvoll elisabethanischer Nägel, zahlreichen Tonpfeifen aus der Tudorzeit, einer römischen Tonscherbe und dem Weinglas, aus dem Nelson einmal getrunken hat – was sie aber beweisen soll, weiß ich wirklich nicht.

Nein, nein, nichts ist bewiesen, nichts weiß man. Und wenn ich jetzt sofort aufstehen und feststellen würde, dass das Mal an der Wand in Wirklichkeit – was soll ich sagen? – der Kopf eines riesengroßen Nagels ist, der vor zweihundert Jahren eingeschlagen wurde und dessen Kopf dank des fleißigen Wienerns vieler Generationen von Hausmädchen unter der Farbschicht freigelegt wurde und jetzt zum ersten Mal das moderne Leben in Gestalt eines weiß gestrichenen, vom Feuer erhellten Zimmers erblickt, was würde ich gewinnen? Wissen? Stoff für weitere Gedankenspiele? Ich kann beim Stillsitzen genauso gut denken wie im Stehen. Und was ist Wissen? Und was sind unsere Gelehrten anderes als die Nachkommen von Zauberern und Einsiedlern, die in Höhlen und Wäldern hockten und Kräutertränke brauten, Spitzmäuse befragten und die Sprache der Sterne niederschrieben? Und wir ehren sie umso weniger, als unser Aberglaube schwindet und unser Respekt für Schönheit und geistige Gesundheit wächst … Ja, man könnte sich eine sehr schöne Welt vorstellen. Eine friedliche, geräumige Welt, mit Blumen rot und blau auf den weiten Feldern. Eine Welt ohne Professoren oder Spezialisten oder Haushälterinnen mit dem Profil eines Polizisten, eine Welt, die man mit seinem Gedanken durchschneiden könnte, wie ein Fisch das Wasser mit seiner Rückenflosse durchschneidet, während er die Stiele der Wasserlilien streift oder über den Nestern weißer Seeigel schwebt … Wie friedlich es da unten ist, man ist verwurzelt im Zentrum der Welt und blickt auf durch das graue Wasser mit seinem plötzlichen Lichtschimmer und seinen Reflexen – wenn nicht Whitakers Almanach – wenn nicht die Rangliste wäre!

Ich muss aufspringen und herausfinden, was das Mal an der Wand wirklich ist – ein Nagel, ein Rosenblatt, ein Riss im Holz?

Hier sieht man die Natur wieder einmal bei ihrem alten Spiel der Selbsterhaltung. Dieser Gedankengang, das merkt sie, droht mit bloßer Energieverschwendung, sogar mit einer Kollision mit der Wirklichkeit, denn wer wäre jemals in der Lage, auch nur den Finger gegen Whitakers Rangliste zu erheben? Unter dem Erzbischof von Canterbury steht der Lordkanzler, unter dem Lordkanzler der Erzbischof von York. Jeder steht unter irgendwem, das ist Whitakers Philosophie, und es geht darum zu wissen, wer unter wem steht. Whitaker weiß es, und deshalb, so rät euch die Natur, seid getrost und ärgert euch nicht, und wenn ihr nicht getrost sein könnt, wenn ihr diese Stunde des Friedens zerstören müsst, dann denkt an das Mal an der Wand.

Ich verstehe dieses Spiel der Natur – sie veranlasst einen, etwas zu unternehmen, um einen Gedanken abzubrechen, der nur Aufregung oder Schmerz auslöst. Daher rührt unsere leise Verachtung für Männer der Tat, nehme ich an – denn wir gehen davon aus, dass sie nicht denken. Trotzdem ist es kein Schade, seinen unangenehmen Gedanken einen Riegel vorzuschieben, indem man ein Mal an der Wand betrachtet.

Jetzt, da ich meinen Blick darauf fixiert habe, kommt es mir vor, als hätte ich eine rettende Planke im Meer ergriffen; ich spüre einen befriedigenden Realitätssinn, der die beiden Erzbischöfe und den Lordkanzler in bloße Schatten von Schatten verwandelt. Hier ist etwas Festumrissenes, etwas Reales. So macht man, wenn man aus einem mitternächtlichen Albtraum erwacht, hastig das Licht an und liegt still und betet die Kommode, die Festigkeit, die Wirklichkeit und die unbelebte Welt an, die beweist, dass es eine Existenz außerhalb unserer eigenen gibt. Diese Sicherheit braucht man … Holz ist ein angenehmer Stoff zum Nachdenken. Es stammt von einem Baum, und Bäume wachsen, und wir wissen nicht, wie sie wachsen. Jahre- und jahrelang wachsen sie, ohne sich um uns zu kümmern, auf Wiesen, in Wäldern und an Flussufern – alles Dinge, an die man gerne denkt. An heißen Nachmittagen stehen die Kühe darunter und schlagen mit ihren Schwänzen, die Bäume malen die Flüsse so grün an, dass man, wenn ein Sumpfhuhn untertaucht, erwartet, es mit ganz grünen Federn wieder hochkommen zu sehen. Ich denke gerne an Fische, die gegen die Strömung gerichtet im Wasser stehen wie wehende Fahnen; und an Wasserkäfer, die im Flussbett langsam Schlammkuppeln errichten. Ich denke auch gerne an den Baum an sich: erst das enge, trockene Gefühl, Holz zu sein; dann das Mahlen des Sturms; dann das langsame köstliche Sickern des Safts. Ich denke auch gerne daran, wie der Baum in Winternächten auf dem kahlen Feld steht, alle Blätter sind fest zusammengerollt, nichts Zartes wird den Eisenkugeln des Mondes ausgesetzt, ein nackter Mast auf einer Erde, die die ganze Nacht Purzelbäume schlägt. Der Vogelgesang im Juni muss sehr laut und seltsam klingen; und wie kalt müssen sich die Füße der Insekten auf ihm anfühlen, wenn sie mühevoll in den Schrunden der Rinde aufwärtskrabbeln oder sich auf dem dünnen, grünen Baldachin der Blätter sonnen und vor sich hin blicken mit ihren rubinroten Facettenaugen … Eine nach der anderen reißen die Fasern unter dem immensen kalten Druck der Erde, dann kommt der letzte Sturm und die höchsten Äste rammen sich im Fallen wieder tief in den Boden. Aber selbst dann ist das Leben nicht zu Ende; es gibt eine Million geduldiger, wachsamer Leben für einen Baum, überall in der Welt, in Schlafzimmern, in Schiffen, auf dem Straßenpflaster, als Wandverkleidung in Zimmern, wo Männer und Frauen nach dem Tee sitzen und Zigaretten rauchen. Er ist voll von friedlichen Gedanken, von glücklichen Gedanken, dieser Baum. Ich würde gern jeden einzelnen davon denken – aber irgendetwas stört … Wo war ich? Was war das alles? Ein Baum? Ein Fluss? Die Downs? Whitakers Almanach? Die Asphodelenwiesen? Ich kann mich überhaupt nicht mehr erinnern. Alles bewegt sich, fällt, verschwimmt, schwindet … Es gibt eine große Umwälzung der Materie. Jemand steht vor mir und sagt:

»Ich gehe eine Zeitung kaufen.«

»Ja?«

»Dabei lohnt es sich überhaupt nicht, Zeitungen zu kaufen … Es passiert nie etwas. Verdammter Krieg; dieser gottverfluchte Krieg! … Trotzdem sehe ich nicht ein, warum wir eine Schnecke an der Wand haben müssen.«

Ach, das Mal an der Wand! Es war eine Schnecke.

Tod einer Motte

Motten, die bei Tag fliegen, sollte man eigentlich gar nicht Motten nennen; sie rufen nicht diese angenehme Erinnerung an dunkle Herbstabende und an Efeublüten herauf, die noch der gewöhnlichste Nachtfalter, der im Schatten eines Vorhangs schläft, unfehlbar in uns erweckt. Es sind hybride Geschöpfe, weder fröhlich wie Schmetterlinge noch düster wie ihre eigene Gattung. Gleichwohl schien das Exemplar, von dem hier die Rede ist, mit seinen schmalen heufarbenen Flügeln und dem gleichfarbigen Fransensaum zufrieden mit dem Leben. Es war ein schöner Morgen Mitte September, mild, freundlich, doch die Luft fühlte sich schärfer an als in den Sommermonaten. Der Pflug durchfurchte bereits das Feld gegenüber dem Fenster, und hinter der Pflugschar war die Erde flachgedrückt und glänzte feucht. Eine solche Lebendigkeit brandete von den Feldern und Hügeln heran, dass es schwerfiel, den Blick konzentriert aufs Buch zu richten. Auch die Krähen hielten eines ihrer jährlichen Feste ab; sie kreisten um die Baumwipfel, bis es aussah, als hätte jemand ein riesiges Netz mit Tausenden von schwarzen Knoten im Himmel ausgeworfen, das kurz danach auf die Bäume niedersank, bis jeder Zweig an seinem Ende einen schwarzen Knoten hatte. Dann, plötzlich, wurde das Netz wieder in die Luft geworfen, diesmal in einem weiteren Kreis und mit dem äußersten Aufruhr und Geschrei, als wäre in die Luft geschleudert zu werden und sich dann ganz langsam auf den Baumwipfeln niederzulassen ein außerordentlich aufregendes Erlebnis.

Die gleiche Energie, welche die Krähen, die Pflüger und Pferde und anscheinend sogar die kahlen Hänge des

Hügellands beseelte, trieb auch die Motte an, in ihrem Karree der Fensterscheibe hin und her zu flattern. Man konnte nicht anders, als ihr zuzusehen und, so seltsam es klingen mag, Mitleid mit ihr zu empfinden. Das Füllhorn von Freuden an diesem Morgen war so gewaltig und reich bestückt, dass die Rolle einer Motte im Leben – und dazu noch einer Tagesmotte – ein sehr hartes Los schien und jammervoll ihr Drang, ihre mageren Möglichkeiten voll auszukosten. Sie flog zielstrebig zu einer Ecke ihres Gevierts und, nachdem sie dort eine Sekunde verweilt hatte, zur anderen. Was blieb ihr übrig, als in eine dritte Ecke zu fliegen und dann in eine vierte? Mehr konnte sie nicht tun, ungeachtet der Höhe der mächtigen Hügel, der Weite des Himmels, des fernen Rauchs der Häuser und des gelegentlichen romantischen Tutens eines Dampfers draußen auf dem Meer. Sie tat, was sie konnte. Es war, als sei von der ungeheuren Weltenergie eine sehr dünne, aber reine Faser in diesen zerbrechlichen, winzigen Körper eingepflanzt worden. So oft, wie die Motte an der Fensterscheibe hin und her flog, konnte ich mir vorstellen, dass ein Fädchen der leuchtenden Lebenskraft sichtbar wurde. Sie war wenig mehr oder nichts als bloßes Leben.

Doch weil sie so klein war und eine so einfache Form der Energie, die durch das offene Fenster hereinbrandete, und weil sie sich einen Weg durch so viele enge und verschlungene Windungen in meinem Kopf und dem anderer Menschen bahnte, hatte die Motte etwas Wundersames und zugleich etwas Bemitleidenswertes. Es war, als hätte jemand eine winzige Perle reinen Lebens so sacht wie möglich mit Flaum und Federn überzogen und sie zum Tanzen und Umhertändeln gebracht, um uns die wahre Natur des Lebens zu zeigen. So betrachtet, konnte man sich über dessen Sonderbarkeit nicht genug wundern. Wir sind geneigt, alles über das Leben zu vergessen, sehen es verzerrt, verkrümmt, ausstaffiert und missgestaltet, so dass es sich nur mit größter Vorsicht und Würde bewegen darf. Wiederum ließ der Gedanke, was das Leben für sie hätte sein können, wäre sie in anderer Gestalt auf die Welt gekommen, ihre einfachen Bewegungen jämmerlich erscheinen.

Nach einer Weile setzte sie sich, offenbar des Tanzens müde, auf dem Fensterbrett in die Sonne, und da das seltsame Schauspiel vorbei war, vergaß ich sie. Als ich dann irgendwann meinen Blick hob, fiel sie mir erneut ins Auge. Sie versuchte, ihren Tanz wieder aufzunehmen, war aber so steif oder unbeholfen, dass sie nur noch zum unteren Rand des Fensters flattern konnte, und als sie versuchte, auf die andere Seite zu fliegen, scheiterte sie. Da ich innerlich mit anderen Dingen beschäftigt war, beobachtete ich diese vergeblichen Versuche eine Weile, ohne darüber nachzudenken, wartete unbewusst darauf, dass sie ihren Flug fortsetzte, so wie man darauf wartet, dass ein Motor, der kurz gestottert hat, wieder zu laufen beginnt, ohne sich um den Grund für seine Störung zu kümmern. Nach dem vielleicht siebten Versuch rutschte sie flatternd von der Fensterleiste ab und landete auf dem Rücken liegend auf der Fensterbank. Ihre Hilflosigkeit erregte meine Aufmerksamkeit. Es war klar: sie steckte in Schwierigkeiten, sie konnte sich nicht mehr aufrichten; ihre Beinchen strampelten vergeblich. Doch als ich ihr einen Bleistift entgegenstreckte, um ihr aufzuhelfen, begriff ich, dass das Scheitern und die Unbeholfenheit das Nahen des Todes bedeuteten. Ich legte den Bleistift wieder beiseite.

Die Beine bewegten sich wieder. Als hielte ich Ausschau nach dem Feind, gegen den die Motte kämpfte, blickte ich nach draußen. Was war dort geschehen? Vermutlich war Mittagszeit, und die Arbeit auf den Feldern war eingestellt worden. Stille und Ruhe waren an die Stelle der vorigen Belebtheit getreten. Die Vögel hatten sich zur Futtersuche an die Bäche zurückgezogen. Die Pferde standen still. Doch die Kraft da draußen war unverändert, geballt, gleichgültig und unpersönlich, auf nichts Bestimmtes gerichtet. Irgendwie stand sie der kleinen heufarbenen Motte feindlich gegenüber. Es war nutzlos, irgendetwas tun zu wollen. Man konnte nur beobachten, wie sich die kleinen Beinchen gegen das kommende Verderben zu wehren versuchten, das jederzeit eine ganze Stadt hätte vernichten können, und nicht nur eine Stadt, sondern Massen von Menschen. Ich wusste, nichts hatte gegen den Tod die geringste Chance. Trotzdem zappelten die Beinchen nach einer Erschöpfungspause erneut. Es war eindrucksvoll, dieses letzte Aufbäumen, und so verzweifelt, dass es der Motte schließlich gelang, sich aufzurichten. Die Sympathien waren natürlich ganz auf Seiten des Lebens. Auch wenn sich keiner darum kümmerte oder es auch nur bemerkte, war diese enorme Anstrengung einer unbedeutenden kleinen Motte, einer so ungeheuren Übermacht zum Trotz etwas zu behalten, das niemand sonst wertschätzte oder für erhaltenswert hielt, seltsam bewegend. Noch einmal war das Leben sichtbar, eine reine Perle. Ich nahm wieder den Bleistift auf, obwohl ich wusste, wie nutzlos er war. Doch in diesem Augenblick zeigten sich die untrüglichen Merkmale des Todes. Der Körper entspannte sich und wurde sofort steif. Der Kampf war vorbei. Die unbedeutende kleine Kreatur kannte jetzt den Tod. Als ich die tote Motte betrachtete, erfüllte mich dieser winzige und beiläufige Triumph einer so großen Macht über einen so geringen Feind mit Staunen. So fremdartig das Leben wenige Minuten zuvor erschienen war, so fremdartig war nun der Tod. Die Motte, die sich aufgerichtet hatte, lag nun in großer Würde klaglos und gefasst. Oh ja, schien sie zu sagen, der Tod ist stärker als ich.

Momente des Seins

»Die Nadeln von *Slater's* sind nicht richtig spitz«

»Die Nadeln von *Slater's* sind einfach nicht richtig spitz – finden Sie nicht auch?«, sagte Miss Craye und drehte sich zu Fanny Wilmot um, als diese, weil die Rosette von ihrem Kleid abgefallen war, sich gerade bückte und – die Ohren voller Musik – die Stecknadel auf dem Boden suchte.

Miss Crayes Worte, während sie den Schlussakkord der Bachfuge anschlug, verblüfften Fanny zutiefst. Ging Miss Craye denn tatsächlich zu *Slater's* und kaufte Stecknadeln?, fragte sich Fanny Wilmot, einen Augenblick lang starr vor Staunen. Wartete sie am Ladentisch wie alle anderen, bekam sie, in eine Quittung gewickelt, Kupfermünzen zurück, steckte sie diese in ihr Portemonnaie und stand dann eine Stunde später an ihrem Toilettentisch und zog die Nadeln hervor? Wofür brauchte sie Nadeln? Denn sie war nicht eigentlich gekleidet, sondern eher gepanzert, kompakt wie ein Käfer unter seiner Flügeldecke, blau im Winter, grün im Sommer. Wozu brauchte sie Nadeln – Julia Craye – die, so schien es, in der kühlen, gläsernen Welt der Bach-Fugen lebte, für sich selber spielte, wozu sie Lust hatte, und sich (sagte die Direktorin, Miss Kingston) nur herbeiließ, am *Archer Street College of Music* ein oder zwei Schülerinnen anzunehmen, um ihr, die sie »in jeder Weise aufs höchste bewunderte«, einen Gefallen zu tun. Miss Craye ging es seit dem Tod ihres Bruders finanziell nicht gut, fürchtete Miss Kingston. Ach, sie besaßen solch schöne Dinge, als sie in Salisbury lebten, und ihr Bruder Julius war natürlich ein sehr bekannter Mann: ein berühmter Archäologe. Es war ein großes Privileg, bei ihnen zu verkehren, sagte Miss Kingston (»Meine Familie war schon immer mit ihnen bekannt – es waren alteingesessene Bewohner Salisburys«, sagte Miss Kingston), aber ein bisschen furchterregend für ein Kind; man musste aufpassen, keine Tür zuzuschlagen und nicht unerwartet ins Zimmer zu platzen. Miss Kingston, die am ersten Tag des Semesters derlei Charakterstudien von sich gab, während sie Schecks entgegennahm und dafür Quittungen ausstellte, lächelte an dieser Stelle. Ja, sie war ein rechter Wildfang gewesen; sie war hereingeplatzt und hatte all die grünen römischen Gläser und sonstigen Dinge in der Vitrine zum Wackeln gebracht. Die Crayes waren beide nicht verheiratet. Die Crayes waren an Kinder nicht gewöhnt. Sie hielten Katzen. Man hatte das Gefühl, dass die Katzen genauso viel über römische Urnen und Ähnliches wussten, wie nur irgendjemand.

»Viel mehr als ich!«, sagte Miss Kingston fröhlich und schrieb ihren Namen über den Stempel in ihrer flotten, ausladenden Handschrift, denn sie war immer eher praktisch veranlagt gewesen.

Vielleicht, dachte Fanny Wilmot beim Suchen nach der Nadel, hatte Miss Craye das mit den mangelnden Spitzen an den Nadeln von *Slater's* einfach nur so hingesagt. Die Crayes hatten beide nie geheiratet. Sie hatte keine Ahnung von Nadeln – überhaupt keine. Aber sie wollte den Bann brechen, der auf der Familie lag; die Glasscheibe zerbrechen, die sie von anderen Leuten trennte. Als Polly Kingston, das lustige kleine Mädchen, die Tür zugeschlagen und die römischen Vasen zum Wackeln gebracht hatte, versicherte Julius sich zunächst, dass kein Schaden entstanden war (das war immer sein erster Gedanke), und schaute dann – denn die Vitrine stand vor dem Fenster – Polly hinterher, die über die Wiesen nach Hause hüpfte; er schaute mit dem gleichen Gesichtsausdruck, den seine Schwester oft hatte, diesem sinnenden, sehnsüchtigen Blick.

»Sterne, Sonne, Mond«, schien der Blick zu sagen, »Gänseblümchen im Gras, Feuer, Eisblumen am Fenster, mein Herz schlägt euch entgegen. Aber«, fügte er immer hinzu, »ihr zerbrecht, ihr zieht vorbei, ihr geht.« Und gleichzeitig fasste er die Intensität beider Gemütszustände wehmütig und enttäuscht zusammen: »Ich kann euch nicht erreichen – ich komme nicht an euch heran.« Und die Sterne verblichen und das Kind ging.

Das war der Bann, das war die Glasscheibe, die Miss Craye durchbrechen wollte, nachdem sie als Belohnung für eine Lieblingsschülerin (Fanny Wilmot wusste, dass sie Miss Crayes Lieblingsschülerin war) wunderschön Bach gespielt hatte: sie wollte zeigen, dass sie dasselbe wie andere Leute über Nadeln empfand. Die Nadeln von *Slater's* waren einfach nicht richtig spitz.

Ja, der »berühmte Archäologe« hatte auch so einen Blick gehabt. »Der berühmte Archäologe« – wenn Miss Kingston das beim Quittieren der Schecks mit solch fröhlichem, offenherzigem Tonfall von sich gab und das Datum kontrollierte, nahm ihre Stimme einen schwer zu beschreibenden Klang an, der auf etwas Seltsames, etwas Anrüchiges an Julius Craye hindeutete. Es war genau das Gleiche, das möglicherweise auch an Julia seltsam war. Man hätte schwören können, dachte Fanny Wilmot, während sie nach der Nadel suchte, dass Miss Kingston auf Gesellschaften oder Zusammenkünften (Miss Kingstons Vater war Pfarrer) irgendeinen Tratsch aufgeschnappt hatte, vielleicht wurde die Erwähnung seines Namens von einem Lächeln oder einem bestimmten Tonfall begleitet, und das vermittelte ihr »ein gewisses Gefühl« in Bezug auf Julius Craye. Selbstverständlich hatte sie nie mit jemandem darüber gesprochen. Wahrscheinlich wusste sie selber kaum, was sie damit meinte. Aber wann immer sie von Julius sprach oder von ihm sprechen hörte, kam ihr als Erstes der Gedanke: Etwas war seltsam an Julius Craye.

Auch Julia suchte, während sie lächelnd, halb umgedreht auf dem Klavierhocker saß. Es ist auf dem Feld, es ist auf der Fensterscheibe, es ist am Himmel – Schönheit; und ich kann sie nicht erreichen; ich kann sie nicht haben – ich, so schien sie mit einer leichten, charakteristischen Verkrampfung ihrer Hand hinzuzufügen, ich, die sie so leidenschaftlich liebe, die die ganze Welt dafür geben würde, sie festzuhalten! Und sie hob die Nelke auf, die zu Boden gefallen war, während Fanny nach der Nadel suchte. Wollüstig, so kam es Fanny vor, zerdrückte sie sie in ihren glatten, geäderten Händen, an denen Ringe mit perlengefassten aquarellfarbenen Steinen steckten. Der Druck ihrer Finger schien die Farbigkeit der Blume zu steigern, sie krauser, frischer, vollkommener zu machen. Seltsam an ihr, und vielleicht auch an ihrem Bruder, war, dass dieser Druck und Griff der Finger mit einer immerwährenden Vergeblichkeit einherging. So war es auch jetzt mit der Nelke. Sie hielt sie in der Hand, sie drückte sie, aber sie besaß sie nicht, genoss sie nicht, jedenfalls nicht ganz und gar.

Keiner der beiden Crayes hatte geheiratet, erinnerte sich Fanny Wilmot. Ihr fiel ein, dass Julia Craye eines Abends, als der Unterricht länger gedauert hatte als gewöhnlich und es schon dunkel wurde, sagte: »Männer sind doch zu nichts anderem da, als uns zu beschützen«. Und dabei lächelte sie sie auf die gleiche merkwürdige Weise an, während sie ihr Cape zuknöpfte, was ihr, wie die Blume, bis zu den Fingerspitzen Jugend und Glanz bewusst machte, gleichzeitig aber, auch wie die Blume, ihre Gehemmtheit, so argwöhnte Fanny.

»Oh, ich brauche überhaupt keinen Schutz«, hatte Fanny lachend geantwortet, und als Julia Craye ihr diesen merkwürdigen Blick zuwarf und sagte, da sei sie nicht so sicher, brachte die Bewunderung in ihren Augen Fanny zum Erröten.

Zu nichts anderem waren Männer da, hatte sie gesagt.

War also das der Grund, fragte sich Fanny, die Augen auf den Boden gerichtet, weshalb sie nie geheiratet hatte? Schließlich hatte sie nicht ihr ganzes Leben in Salisbury verbracht. »Bei weitem der schönste Stadtteil Londons«, hatte sie einst gesagt, »(aber ich spreche von vor fünfzehn oder zwanzig Jahren) ist Kensington. Da war man in zehn Minuten in den Gardens – als wäre man auf dem Land. Man konnte in leichten Schuhen essen gehen, ohne sich zu erkälten. Kensington – das war damals wie ein Dorf, wissen Sie«, hatte sie gesagt.

Dann brach sie ab, um sich bitter über die Zugluft in der Untergrundbahn zu beschweren.

Dazu seien die Männer da, hatte sie mit einer sonderbar sarkastischen Schärfe gesagt. Warf das ein Licht auf die Frage, warum sie nicht geheiratet hatte? Man konnte sich alle möglichen Szenen in ihrer Jugend ausmalen, wo sie mit ihren schönen blauen Augen, der geraden, festen Nase, ihrem Klavierspiel, der Blüte, die mit züchtiger Leidenschaft am Dekolleté ihres Musselinkleids blühte, zuerst jene jungen Männer angezogen hatte, für die solche Dinge, neben den Porzellantassen und den silbernen Leuchtern und den intarsierten Tischen (denn die Crayes besaßen solch schöne Dinge) ein Grund zum Staunen waren; junge Männer, denen es ein wenig an Distinktion mangelte, ehrgeizige junge Männer aus der Kathedralstadt. Diese hatte sie zuerst angezogen, danach die Freunde ihres Bruders aus Oxford oder Cambridge. Sie kamen im Sommer angefahren, ruderten sie den Fluss hinauf, führten die Auseinandersetzung über Browning brieflich fort und verabredeten sich vermutlich mit ihr bei den seltenen Gelegenheiten, wenn sie London besuchte, um ihr – ja was, zu zeigen – Kensington Gardens?

»Bei weitem der schönste Stadtteil Londons – Kensington. Ich spreche von vor fünfzehn oder zwanzig Jahren«, hatte sie einst gesagt. »In zehn Minuten war man in den *Gardens* –

mitten auf dem Land.« Daraus konnte man alles Mögliche entnehmen, dachte Fanny Wilmot, sich zum Beispiel Mr. Sherman herauspicken, den Maler, einen alten Freund; er konnte sie verabredungsgemäß an einem sonnigen Tag im Juni abholen und sie zum Tee unter den Bäumen ausführen. (Sie hatten sich bei diesen Gesellschaften kennengelernt, zu denen man ohne Furcht vor Erkältungen in leichten Schuhen trippelte.) Die Tante oder sonst irgendeine ältliche Verwandte musste dort warten, während sie zum *Serpentine* gingen. Sie betrachteten den See. Vielleicht ruderte er sie auch hinüber. Sie verglichen ihn mit dem Avon. Sie nahm den Vergleich sehr ernst, denn Flussansichten waren ihr wichtig. Sie saß ein wenig zusammengekauert, ein wenig linkisch, auch wenn sie damals anmutig gewesen war, und steuerte. Im entscheidenden Augenblick, denn er war entschlossen, sich jetzt zu erklären – dies war die einzige Möglichkeit, sie allein zu erwischen – er sprach, in seiner Nervosität den Kopf in einem absurden Winkel über die Schulter zurückgewandt – just in diesem Augenblick unterbrach sie ihn heftig. Er würde sie beide gleich gegen die Brücke fahren, rief sie. Es war ein Augenblick des Grauens, der Enttäuschung, der Erkenntnis für beide. Ich kann es nicht haben, ich kann es nicht besitzen, dachte sie. Er verstand nicht, weshalb sie dann überhaupt mitgekommen war. Mit einem großen Platsch des Ruders wendete er das Boot. Nur um ihn zu brüskieren? Er ruderte sie zurück und sagte ihr Lebewohl.

Der Schauplatz dieser Szene konnte nach Belieben variiert werden, überlegte Fanny Wilmot (wo war diese Nadel bloß?). Es konnte Ravenna sein – oder Edinburgh, wo sie ihrem Bruder das Haus geführt hatte. Die Szene konnte sich ändern, ebenso wie der junge Mann und der gesamte Ablauf, aber eine Sache blieb immer gleich – ihre Ablehnung und ihr Stirnrunzeln und die anschließende Wut über sich selbst und ihre Begründungen und ihre Erleichterung – ja, ganz gewiss ihre ungemessene Erleichterung. Am nächsten Morgen stand sie dann vielleicht um sechs Uhr auf, warf ihren Umhang um und marschierte den ganzen Weg von Kensington bis zur Themse. Sie war so dankbar, dass sie nicht ihr Recht aufgeopfert hatte, loszugehen und Dinge anzuschauen, wenn sie am schönsten sind – das heißt, bevor die Leute unterwegs sind. Sie konnte im Bett frühstücken, wenn ihr danach war. Sie hatte ihre Unabhängigkeit nicht geopfert.

Ja – Fanny Wilmot lächelte –, Julia hatte ihre Gewohnheiten nicht gefährdet. Sie waren unverändert sicher, und ihre Gewohnheiten wären eingeschränkt worden, hätte sie geheiratet. »Das sind Scheusale«, hatte sie eines Abends halb lachend gesagt, als eine andere, frisch verheiratete Schülerin plötzlich davonstürzte, weil ihr einfiel, dass sie ihren Mann verpassen könnte.

»Das sind Scheusale«, hatte sie gesagt und grimmig gelacht. Ein Scheusal hätte vielleicht beim Frühstück im Bett gestört, bei Flussspaziergängen in der Morgendämmerung. Was wäre geschehen (aber das war kaum vorstellbar), hätte sie Kinder bekommen? Sie ergriff erstaunliche Vorsichtsmaßnahmen gegen Verkühlung, Ermüdung, schweres Essen, falsches Essen, Zugluft, überheizte Räume, U-Bahn-Fahrten, denn es gelang ihr nie herauszufinden, was genau diese entsetzlichen Kopfschmerzen verursachte, die ihr Leben zu einem Schlachtfeld machten. Sie war immer damit beschäftigt, den Feind zu überlisten – anscheinend hatte diese Beschäftigung ihren eigenen Reiz; hätte sie den Feind endgültig besiegen können, wäre ihr das Leben ein wenig langweilig vorgekommen. So war es ein ewiges Tauziehen – auf der einen Seite die Nachtigall oder die Aussicht, die sie leidenschaftlich liebte – ja, denn sie empfand nicht weniger als Leidenschaft für Aussichten und Vögel; auf der anderen der feuchte Weg oder der steile Aufstieg auf einen Hügel, der sich entsetzlich lange hinzog und der sie ganz gewiss für den nächsten Tag außer Gefecht setzen und einen Anfall ihrer Kopfschmerzen verursachen würde. Wenn es ihr daher hin und wieder gelang, ihre Kräfte geschickt zu dosieren und in genau der Woche Hampton Court einen Besuch abzustatten, wo die Krokusse (diese glänzenden, bunten Blumen waren ihr die liebsten) am schönsten blühten, dann war das ein Sieg. Es war etwas Bleibendes, etwas, das für immer eine Rolle spielte. Dann zog sie den Nachmittag auf die Kette denkwürdiger Tage auf, die nicht so lang war, als dass sie sich diesen oder jenen Tag nicht in Erinnerung rufen konnte – diese Aussicht, diese Stadt – als dass sie nicht damit spielen, ihn fühlen, seufzend die Eigenschaft genießen konnte, die ihn einzigartig machte.

»Letzten Freitag war so schönes Wetter«, sagte sie, »dass ich beschloss, hinzufahren.« Also hatte sie sich für ihre große Unternehmung zur Waterloo Station aufgemacht, um Hampton Court zu besuchen – allein. Natürlich, wenn auch vielleicht törichterweise, bedauerte man sie für etwas, für das sie nie Bedauern einforderte (sie war nämlich in Wirklichkeit sehr zurückhaltend und sprach über ihre Gesundheit eher wie ein Krieger von seinem Feind) – man bedauerte sie dafür, dass sie immer alles alleine machte. Ihr Bruder war tot. Ihre Schwester hatte Asthma und fand das Klima in Edinburgh zuträglich. Für Julia war es zu freudlos. Vielleicht fand sie auch die damit verbundenen Assoziationen schmerzlich, denn ihr Bruder, der berühmte Archäologe, war dort gestorben; und sie hatte ihren Bruder geliebt. Sie lebte vollkommen allein in einem kleinen Haus in einer Seitenstraße der Brompton Road.

Fanny Wilmot entdeckte die Nadel auf dem Teppich und hob sie auf. Sie blickte Miss Craye an. War Miss Craye so einsam? Nein, Miss Craye befand sich unzweifelhaft, wenn auch nur für einen Moment, in einem Zustand seligen Glücks. Fanny hatte sie in einem Augenblick der Ekstase überrascht. Sie saß da, halb vom Klavier abgewandt, die

Hände, die die Nelke hielten, im Schoß gefaltet, hinter ihr das Rechteck des gardinenlosen Fensters violett im Abendlicht, intensiv violett nach den hellen Glühbirnen, die ohne Lampenschirme im kahlen Musikzimmer brannten. Wie Julia Craye dort saß, gebeugt und kompakt, und ihre Blume hielt, schien sie aus der Londoner Nacht hervorzutauchen, als wehte diese wie ein Mantel hinter ihr. Die Nacht in ihrer nackten Intensität schien der Ausfluss ihres Geistes, etwas, das sie geschaffen hatte, das sie umgab, das sie war. Fanny konnte den Blick nicht abwenden.

Für einen Moment erschien ihr alles transparent, als schaute sie durch Miss Craye hindurch und sähe den Quell ihres Wesens in reinen, silbernen Tropfen hervorsprühen. Sie sah tief, tief in die Vergangenheit, die hinter ihr lag. Sie sah die grünen römischen Vasen, aufgereiht in ihrer Vitrine; hörte die Chorsänger Cricket spielen; sah Julia langsam die geschwungene Treppe zum Rasen hinuntersteigen; sah sie unter der Zeder Teetassen füllen; zart die Hand des alten Mannes mit der ihren umschließen; sah sie in den Korridoren dieses uralten Wohnhauses bei der Kathedrale umhergehen, mit Handtüchern in der Hand, die sie kennzeichnen wollte, dabei die Belanglosigkeit des täglichen Lebens beklagend; sah sie langsam altern und zu Beginn des Sommers Kleider aussortieren, weil sie für ihr Alter zu bunt waren; und ihren kranken Vater pflegen; und sich immer entschiedener ihren Weg bahnen, während ihr Wille sich auf ihr einziges Ziel versteifte; mit geringem Budget reisen; die Kosten berechnen und aus ihrer knappen Barschaft die Summe für diese Reise oder jenen alten Spiegel bemessen; sah sie, was immer die Leute sagen mochten, hartnäckig darauf bestehen, über ihre Vergnügungen selbst zu bestimmen. Sie sah Julia –

Sie sah Julia die Arme ausbreiten, sah sie aufflammen, sah sie leuchten. Aus der Nacht brannte sie wie ein toter weißer Stern. Julia küsste sie. Julia hielt sie fest.

»Die Nadeln von *Slater's* sind einfach nicht richtig spitz«, sagte Miss Craye, lachte seltsam und entspannte ihre Arme, während Fanny sich mit zitternden Fingern die Blume an die Brust steckte.

Eine Abendgesellschaft bei Mrs. Dalloway

Das neue Kleid

Zum ersten Mal kam Mabel der Verdacht, etwas liege im Argen, als sie ihren Mantel ablegte. Und dieser Verdacht wurde bestätigt durch Mrs. Barnet, die ihr den Spiegel reichte und die Bürsten zurechtschob und damit betont deutlich auf all die Gerätschaften auf dem Toilettentisch zum Ordnen und Verschönern von Haar, Teint und Kleidern hinwies: offensichtlich war es nicht richtig, nicht ganz richtig; und der Verdacht wuchs, als sie die Treppe hinaufging, und er sprang sie förmlich an, als sie Clarissa Dalloway begrüßte, weshalb sie geradewegs eine wenig beleuchtete Ecke am anderen Ende des Raums aufsuchte und in den dort hängenden Spiegel schaute. Nein! Es *war* nicht richtig. Und auf einmal packte sie das Elend, das sie immer zu verbergen suchte, das tiefe Ungenügen – dieses Gefühl, anderen Menschen unterlegen zu sein, das sie seit ihrer Kindheit erfüllte – es packte sie schonungslos, unbarmherzig, mit einer Intensität, der sie sich nicht wie zuhause, wenn sie nachts aufwachte, erwehren konnte, indem sie Borrow oder Scott las, denn ach, all diese Männer und Frauen dachten: »Was hat denn Mabel da an? Das sieht ja verboten aus! Was für ein scheußliches neues Kleid!« Beim Näherkommen flatterten sie mit den Augenlidern und dann kniffen sie fest die Lider zusammen. Ihre eigene erschreckende Unzulänglichkeit, ihre Feigheit, ihr jämmerliches, wässriges Blut deprimierten Mabel. Und auf einmal erschien ihr der Raum schmutzig und widerwärtig, in dem sie sich stundenlang mit der kleinen Schneiderin ausgemalt hatte, wie alles ablaufen würde; und ihr eigener Salon so schäbig, und sie selbst beim Ausgehen aufgeblasen vor

Eitelkeit, als sie aus purer Prahlerei die Hand auf die Briefe auf dem Flurtisch gelegt und gesagt hatte: »Wie langweilig!« – alles das erschien ihr nun unsagbar albern, armselig und provinziell. Alles war in dem Augenblick, als sie Mrs. Dalloways Salon betrat, zerplatzt – restlos zerstört und entlarvt worden.

Damals, als sie abends am Teetisch Mrs. Dalloways Einladung empfing, war ihr erster Gedanke, dass sie natürlich nicht hochmodisch auftreten konnte. Es war abwegig, sich das auch nur einzubilden – Mode bedeutete Schnitt, bedeutete Stil, bedeutete mindestens dreißig Guineen –, aber warum nicht stattdessen originell sein? Und sie war aufgestanden, hatte das alte Modeheft ihrer Mutter geholt, ein Pariser Modeheft aus der Empirezeit, und hatte sich gedacht, wie viel hübscher, würdevoller und weiblicher man damals gewesen war, und hatte sich in den Kopf gesetzt, – ach es war töricht – genau so sein zu wollen, hatte sich sogar mit ihrem bescheidenen und altmodischen Charme gebrüstet und sich, da gab es keinen Zweifel, in einer strafwürdigen Orgie der Eigenliebe verloren, und dann hatte sie sich derartig aufgetakelt.

Aber sie wagte nicht, in den Spiegel zu schauen. Sie konnte sich dem vollen Grauen nicht stellen – dem blassgelben, idiotisch aus der Zeit gefallenen Seidenkleid mit seinem langen Rock und den hohen Ärmeln und der Taille und all den Dingen, die in dem Modeheft so charmant aussahen, aber nicht an ihr, nicht zwischen all diesen normalen Leuten. Sie fühlte sich wie eine Schneiderpuppe, zur Schau gestellt, damit junge Leute Stecknadeln hineinstecken konnten.

»Aber meine Liebe, es ist absolut reizend!«, sagte Rose Shaw und musterte sie von Kopf bis Fuß mit diesen spöttisch geschürzten Lippen, die sie schon erwartet hatte – während Rose natürlich nach der letzten Mode gekleidet war, genau wie alle anderen Leute – immer.

Wir sind wie Fliegen, die versuchen, über den Rand der Untertasse zu krabbeln, dachte Mabel, und wiederholte den Satz, als würde sie sich bekreuzigen, als suchte sie einen Zauberspruch, um diesen Schmerz zu lindern, diese Qual erträglich zu machen. Zitate von Shakespeare, Zeilen aus Büchern, die sie vor Urzeiten gelesen hatte, fielen ihr, wenn sie litt, plötzlich ein, und sie wiederholte sie wieder und wieder. »Fliegen, die versuchen zu krabbeln«, wiederholte sie. Wenn sie das oft genug sagen und sich die Fliegen deutlich vorstellen konnte, dann würde sie stumpf, kalt, eingefroren, stumm. Jetzt sah sie Fliegen vor sich, die mit verklebten Flügeln langsam aus einer Untertasse voll Milch krochen, und sie mühte und mühte sich (während sie vor dem Spiegel stehend Rose Shaw zuhörte), Rose Shaw und alle anderen Anwesenden als Fliegen zu sehen, die versuchten, sich aus etwas heraus oder in etwas hinein zu hieven, magere, unbedeutende, sich abmühende Fliegen. Aber es gelang ihr nicht, sie so zu sehen, jedenfalls nicht die anderen Leute. Sich selbst sah sie so – sie war eine Fliege, aber die anderen waren Libellen, Schmetterlinge, wunderschöne Insekten, die tanzten, flatterten, schwebten, während sie allein sich aus der Untertasse herausmühte. (Neid und Gehässigkeit, die verabscheuungswürdigsten aller Laster, waren ihre Hauptfehler.)

»Ich fühle mich wie eine schwächliche, schmutzige, uralte Fliege«, sagte sie und hielt Robert Haydon auf, nur, damit er es hörte, nur, um sich selber Mut zu machen, indem sie eine schlappe, kümmerliche Phrase aufpolierte und damit zeigte, wie entspannt sie war, wie witzig, und dass sie sich nicht im Mindesten fehl am Platz fühlte. Und natürlich antwortete Robert Haydon etwas sehr Höfliches, Unehrliches, das sie sofort durchschaute, und sie sagte sich, kaum dass er weg war, (wieder aus irgendeinem Buch) »Lügen, Lügen, Lügen!« Denn eine Party macht die Dinge entweder viel realer oder viel weniger real, dachte sie; sie sah blitzartig bis auf den Grund von Robert Haydons Herzen; sie durchschaute alles. Sie erkannte die Wahrheit. *Dies* hier war wahr, dieser Salon, dieses Selbst, das andere war falsch. Miss Milans kleine Werkstatt war in Wirklichkeit schrecklich heiß, stickig, schmutzig. Sie roch nach Kleidern und gekochtem Kohl; und doch, als Miss Milan ihr den Spiegel in die Hand drückte und sie sich selbst in dem fertigen Kleid betrachtete, wurde sie von ungewohnter Seligkeit durchströmt. Von Licht überflutet erwachte sie plötzlich zum Leben. Der Sorgen, der Falten ledig stand sie da, wie sie es sich erträumt hatte – eine schöne Frau. Nur eine Sekunde lang (sie hatte nicht gewagt, länger hinzuschauen, Miss Milan wollte wissen, wie lang der Rock werden sollte) blickte ihr, gerahmt vom verschnörkelten Mahagoni, ein grauweißes, geheimnisvoll lächelndes, reizendes Mädchen entgegen, der Wesenskern, die Seele ihrer selbst; und es war nicht bloß aus Eitelkeit, nicht nur aus Eigenliebe, dass sie sie als gut, zärtlich und wahrhaftig empfand. Miss Milan sagte, der Rock dürfe auf keinen Fall länger sein; wenn überhaupt, sagte Miss Milan stirnrunzelnd und unter Anspannung ihres gesamten Verstandes, müsse der Rock kürzer sein; und Mabel empfand plötzlich aufrichtige Liebe für Miss Milan, sie mochte Miss Milan so viel mehr als sonst jemanden auf der Welt und hätte weinen können vor Mitleid, dass sie, den Mund voller Stecknadeln, auf dem Boden herumkriechen musste, mit rotem Gesicht und hervortretenden Augen – dass ein menschliches Wesen dies für ein anderes tat – und sie sah alle Welt nur als menschliche Wesen, sich selbst, wie sie zu ihrer Abendgesellschaft ging, und Miss Milan,die eine Decke über den Käfig des Kanarienvogels legte, oder ihn ein Hanfkorn von ihren Lippen picken ließ, und beim Gedanken daran, an diese Seite der menschlichen Natur, und an ihre Geduld und Ausdauer, und dass sie sich mit solch elenden, kärglichen, dürftigen kleinen

Vergnügungen zufrieden gab, füllten sich Mabels Augen mit Tränen.

Und jetzt war das Ganze wie weggewischt. Das Kleid, der Raum, die Liebe, das Mitleid, der verschnörkelte Spiegel und der Vogelkäfig – alles war verschwunden, und hier stand sie in einer Ecke von Mrs. Dalloways Salon, litt Höllenqualen, unsanft aufgewacht in der Realität.

Aber es war jämmerlich, schwachblütig und kleingeistig, sich in ihrem Alter und mit zwei Kindern so zu grämen, immer noch völlig abhängig zu sein von der Meinung der Leute, ohne eigene Prinzipien und Überzeugungen, unfähig, wie andere zu sagen: »Es gibt Shakespeare! Es gibt den Tod! Wir sind alle Mehlwürmer in einem Schiffszwieback« – oder was die Leute so sagten.

Sie wandte sich direkt dem Spiegel zu und sah sich an; sie zupfte an ihrer linken Schulter; sie trat in den Raum, als würden von allen Seiten Speere auf ihr gelbes Kleid geworfen. Aber statt wild oder tragisch auszusehen, wie Rose Shaw es gemacht hätte – Rose hätte ausgesehen wie Boadicea –, sah sie selbst dumm und gehemmt aus, sie grinste wie ein albernes Schulmädchen und schlurfte durch den Raum, sie schlich geradezu wie ein geprügelter Straßenhund und schaute sich ein Bild an, einen Stich. Als ginge man auf eine Party, um ein Bild zu betrachten! Alle wussten, warum sie das tat – aus Scham, aus Erniedrigung.

»Jetzt ist die Fliege in der Untertasse«, sagte sie zu sich, »mittendrin und kann nicht hinaus, und die Milch«, dachte sie und starrte unverwandt das Bild an, »klebt ihr die Flügel zusammen.«

»Es ist so altmodisch«, sagte sie zu Charles Burt, so dass er (was ihn schon an und für sich ärgerte) stehenbleiben musste, obwohl er gerade unterwegs war, um mit jemand anderem zu reden.

Sie meinte, oder versuchte sich zumindest selbst davon zu überzeugen, dass sie meinte, altmodisch sei das Bild und nicht ihr Kleid. Und ein einziges lobendes Wort, ein Wort der Zuneigung von Charles hätte in diesem Augenblick einen gewaltigen Unterschied für sie gemacht. Wenn er einfach nur gesagt hätte: »Mabel, du siehst heute Abend reizend aus!«, hätte das ihr Leben verändert. Aber dann hätte sie auch aufrichtig und direkt sein müssen. Charles sagte natürlich nichts dergleichen. Er war die Bosheit in Person. Er durchschaute einen immer, vor allem, wenn man sich besonders unbedeutend, kläglich oder dumm vorkam.

»Mabel hat ein neues Kleid!«, sagte er, und die arme Fliege wurde sofort in die Mitte der Untertasse geschubst. Wirklich, er wollte sie am liebsten ertrinken sehen, das war ihr klar. Er hatte kein Herz, kein grundlegendes Wohlwollen, nur einen Firniss aus Freundlichkeit. Miss Milan war viel echter, viel netter. Wenn man das nur immer so empfinden und dabei bleiben könnte. »Warum«, fragte sie sich – und antwortete Charles viel zu schnippisch, ohne zu verbergen, dass sie verstimmt oder »missgelaunt« war, wie er es ausdrückte (»Ziemlich missgelaunt?«, sagte er und ging weiter, um sich mit einer anderen Frau dort drüben über sie lustig zu machen) – »Warum«, fragte sie sich, »kann ich nicht immer das Gleiche empfinden, mir ganz sicher sein, dass Miss Milan Recht hat und Charles Unrecht, und dann dabei bleiben; festhalten an meiner Ansicht über den Kanarienvogel und über das Mitleid und die Liebe und mich nicht in einer Sekunde völlig umkrempeln lassen, weil ich einen Raum voller Leute betrete?« Das war wieder ihr abscheulicher, schwacher, wankelmütiger Charakter, immer im kritischen Moment knickte sie ein, und sie interessierte sich nicht ernsthaft für Konchologie oder Etymologie, für Botanik, Archäologie oder dafür, Kartoffeln zu zerschneiden und zuzuschauen, wie sie Früchte trugen, so wie Mary Dennis oder Violet Searle.

Dann sah Mrs. Holman sie dastehen und rückte ihr zu Leibe. Natürlich war Mrs. Holman ein neues Kleid nicht der Beachtung wert, da bei ihr zuhause immer jemand die Treppe hinunterfiel oder Scharlach hatte. Konnte Mabel ihr sagen, ob Elmthorpe jemals im August und September vermietet wurde? Oh, dieses Gespräch langweilte Mabel unsagbar! – es machte sie wütend, wie eine Maklerin oder ein Botenjunge behandelt und ausgenutzt zu werden. Keinen Wert haben, das war es, dachte sie und versuchte, sich an etwas Festes, an etwas Wirkliches zu klammern, während sie die Fragen über das Badezimmer und die Südfassade und das heiße Wasser in den oberen Stockwerken vernünftig und nach bestem Wissen beantwortete; und die ganze Zeit konnte sie das Gelb ihres Kleids in dem runden Spiegel sehen, der alle Anwesenden auf die Größe von Stiefelknöpfen oder Kaulquappen reduzierte, und es war verblüffend, wie viel Erniedrigung und Höllenqualen und Selbsthass und Anstrengung und leidenschaftliches Auf und Ab der Gefühle sich in einem Ding von der Größe eines Threepenny-Stücks konzentrierten. Noch seltsamer aber war, dass dieses Ding, diese Mabel Waring isoliert und vollkommen unverbunden war, und obwohl Mrs. Holman (der schwarze Knopf) sich vorbeugte und ihr erzählte, ihr Ältester habe sein Herz beim Rennen überanstrengt, war auch sie losgelöst im Spiegel zu sehen, und unmöglich konnte der schwarze Punkt, der sich vorbeugte und gestikulierte, dem gelben Punkt, der allein und auf sich bezogen dasaß, nahebringen, was der schwarze Punkt fühlte, aber beide taten sie so.

»Jungs kann man einfach nicht zähmen«, sagte man in solchen Fällen.

Und Mrs. Holman, die nie genug Mitleid einheimsen konnte, und das Wenige, das sie bekam, gierig an sich riss, als stünde es ihr rechtmäßig zu (aber eigentlich hatte sie Anspruch auf viel mehr, denn da war auch noch ihre Kleine, deren Knie heute morgen ganz dick geworden war), nahm diese kümmerliche Gabe und betrachtete sie argwöhnisch, grollend, als wäre es nur ein halber Penny, wo es doch ein Pfund hätte sein sollen, und steckte ihn in ihr Portemonnaie, aber sie musste damit vorliebnehmen, so gering und kärglich er war, denn die Zeiten waren schwer, so schrecklich schwer; und sie redete weiter, die knarrende, beleidigte Mrs. Holman, über das Mädchen mit den geschwollenen Gelenken. Ach, es war tragisch, diese Gier, dieses Wehgeschrei der Menschen, wie eine Reihe krächzender Kormorane, die mitleidheischend mit den Flügeln schlugen – es war tragisch, hätte man es spüren können und nicht nur so getan, als fühlte man es!

Aber heute Abend in ihrem gelben Kleid konnte sie keinen weiteren Tropfen auswringen; sie brauchte alles für sich selbst. Sie wusste (unaufhörlich schaute sie in den Spiegel, diesen fürchterlich entlarvenden blauen Teich), dass sie verdammt war, verachtet, in einem toten Gewässer zurückgelassen, weil sie eine schwache, wankelmütige Kreatur war; und es kam ihr so vor, als sei das gelbe Kleid eine Buße, die sie verdiente, und wäre sie gekleidet wie Rose Shaw in wunderschönes, enganliegendes Grün mit einem Besatz aus Schwanendaunen, dann hätte sie nichts anderes als das verdient; und sie sah keine Möglichkeit, zu entrinnen – überhaupt keine. Aber eigentlich war es nicht allein *ihre* Schuld. Es kam davon, dass man eins von zehn Kindern war, nie genug Geld gehabt hatte, sich immer einschränken und knausern musste. Ihre Mutter schleppte große Kannen, das Linoleum war an den Kanten der Stufen abgetreten, und eine billige kleine häusliche Tragödie folgte der anderen: die Schafzucht scheiterte, wenn auch nicht ganz, ihr ältester Bruder heiratete unter seinem Stand, aber nicht sehr weit – keiner von ihnen hatte etwas Romantisches, Extremes an sich. Sie fristeten ehrbar ihr Leben in Seebädern; in jedem Badeort schlief zur Stunde eine ihrer Tanten in irgendeiner Pension, deren Fenster nur beinahe mit Meerblick aufwarten konnten. Das war so typisch –

nie hatten sie eine gute Sicht auf die Dinge. Und sie hatte es genauso gemacht – sie war wie ihre Tanten. Gemessen an ihrem Traum, in Indien zu leben, verheiratet mit einem Helden wie Sir Henry Lawrence, einem Miterbauer des Empire (immer noch erfüllte sie der Anblick eines Inders mit Turban mit sentimentalen Empfindungen), hatte sie vollkommen versagt. Sie hatte Hubert geheiratet mit seinem sicheren, unkündbaren, untergeordneten Job am Gericht, und sie kamen einigermaßen zurecht in einem ziemlich kleinen Haus ohne anständige Dienstboten, und wenn sie allein war, gab es Hackfleisch oder bloß Butterbrot, aber hin und wieder … Mrs. Holman ließ sie sitzen, sie hielt sie für die vertrocknetste, fühlloseste Schrapnelle, der sie je begegnet war, und außerdem lächerlich gekleidet, und sie würde allen Leuten von Mabels verstiegener Erscheinung erzählen – hin und wieder, dachte Mabel Waring, die allein auf dem blauen Sofa zurückblieb und das Kissen zurechtklopfte, um beschäftigt zu wirken, denn sie wollte sich auf keinen Fall zu Charles Burt und Rose Shaw gesellen, die am Kamin wie Elstern schnatterten und sich vielleicht über sie amüsierten – hin und wieder erlebte sie dennoch köstliche Augenblicke, zum Beispiel, wie sie neulich Abend im Bett gelesen hatte, oder Ostern auf dem Sandstrand in der Sonne – wie war das noch – ein großes Büschel ausgeblichenes Sandgras stand verschlungen wie ein Bündel Speere gegen den Himmel, der blau war wie ein glattes Porzellanei, so fest, so hart, und dann die Melodie der Wellen – ›Pst, pst‹, sagten sie, und die Kinder jauchzten beim Paddeln – ja, das war ein himmlischer Augenblick, und sie lag da und hatte das Gefühl, in der Hand der Göttin zu ruhen, die die Welt war, einer recht hartherzigen, aber sehr schönen Göttin, ein kleines Lamm auf dem Altar (solch alberne Sachen dachte man tatsächlich, aber das machte nichts, so lange man sie nicht aussprach). Und auch mit Hubert hatte sie völlig unerwartet und grundlos – beim Tranchieren des Lammbratens am Sonntagmittag, beim Öffnen eines Briefs, beim Betreten eines Zimmers – himmlische Augenblicke, wo sie zu sich sagte (denn das würde sie nie zu jemand anderem sagen): »Das ist es. Es ist wirklich passiert. Das ist es!« Und das Umgekehrte war genauso überraschend – wenn alles organisiert war – Musik, Wetter, Ferien, alle Gründe für Glücksgefühle waren da – und dann passierte überhaupt nichts. Man war nicht glücklich. Es war schal, einfach schal, sonst nichts.

Da war es wieder, ihr elendes Selbst! Sie war immer eine gereizte, schwache, unzureichende Mutter gewesen, eine verunsicherte Ehefrau, die sich in einer Art Zwielichtdasein treiben ließ, wo nichts sonderlich klar oder kühn oder entschieden war, genau wie all ihre Geschwister, außer vielleicht Herbert – sie waren allesamt dünnblütige Wesen, die nichts leisteten. Aber dann fand sie sich inmitten dieses schleichenden, kriechenden Daseins plötzlich auf einem Wellenkamm. Die unglückselige Fliege – wo hatte sie die Geschichte gelesen, die ihr immerzu in den Sinn kam, über die Fliege und die Untertasse? – kämpfte sich frei. Ja, sie hatte solche Momente. Aber jetzt, da sie schon vierzig war, kämen sie vielleicht seltener. Allmählich würde sie aufhören zu kämpfen. Aber das war kläglich! Das ließ sich nicht ertragen! Da schämte sie sich ihrer selbst!

Sie würde gleich morgen in die London Library gehen. Sie würde ganz zufällig ein wundervolles, staunenswertes, hilfreiches Buch finden, ein Buch von einem Theologen, einem Amerikaner, von dem niemand je etwas gehört hatte, oder sie würde den *Strand* entlanggehen und unabsichtlich in einen Vortragssaal geraten, wo ein Bergmann von der Grubenarbeit berichtete, und plötzlich würde sie ein neuer Mensch. Sie würde vollkommen verwandelt. Sie würde eine Uniform tragen, sie würde Schwester Soundso heißen, sie würde nie wieder einen Gedanken an Kleider verschwenden. Und für immer hätte sie Klarheit über Charles Burt und Miss Milan und diesen Raum und jenen Raum, und immer, Tag für Tag, wäre es, als läge sie in der Sonne oder würde den Lammbraten aufschneiden. Das wäre etwas!

Also erhob sie sich vom Sofa, und der gelbe Knopf im Spiegel erhob sich ebenfalls, und sie winkte Charles und Rose zu, um ihnen deutlich zu machen, dass sie nicht den geringsten Wert auf sie legte, und der gelbe Knopf verließ den Spiegel, und alle Speere richteten sich auf ihre Brust, als sie zu Mrs. Dalloway ging und »Einen schönen Abend« wünschte.

»Aber es ist doch viel zu früh zum Gehen«, sagte Mrs. Dalloway, die immer so reizend war.

»Ich fürchte, ich muss«, sagte Mabel Waring. »Aber«, fügte sie in ihrer leisen, unsicheren Stimme hinzu, die nur lächerlich klang, wenn sie versuchte, sie zu verstärken, »ich habe es sehr genossen.«

»Ich habe es genossen«, sagte sie auch zu Mr. Dalloway, den sie auf der Treppe traf.

»Lügen, Lügen, Lügen!«, dachte sie, während sie die Treppe hinunterging, und »Mitten in der Untertasse!«, dachte sie, als sie Mrs. Barnet für ihre Hilfe dankte, und sie wickelte sich fest, fest in den chinesischen Umhang, den sie schon seit zwanzig Jahren trug.

Glück

Als Stuart Elton sich bückte, um einen weißen Fussel von seiner Hose wegzuschnippen, erschien ihm diese simple, aber von einer Gefühlslawine begleitete Handlung wie das Abfallen eines Blütenblatts von einer Rose, und während Stuart Elton sich wieder aufrichtete, um sein Gespräch mit Mrs. Sutton fortzusetzen, war es ihm, als bestehe er aus vielen dicht und fest aufeinanderliegenden Blütenblättern, die ganz gerötet, durch und durch gewärmt und durchglüht waren von einem unerklärlichen Leuchten. So dass beim Bücken ein Rosenblatt abfiel. In seiner Jugend hatte er das nicht gespürt – nein – jetzt aber, mit fünfundvierzig, brauchte er sich bloß zu bücken, einen Fussel von der Hose zu schnippen, dann rauschte es hinab, durch ihn hindurch, diese schöne, geordnete Wahrnehmung des Lebens, dieses Herabgleiten, diese Lawine aus Gefühlen, um dann wieder ein Ganzes zu werden, wenn er sich aufrichtete – aber was hatte sie gerade gesagt?

Mrs. Sutton (die immer noch an den Haaren über die Stoppeln und kreuz und quer über den frisch gepflügten Acker des beginnenden mittleren Alters geschleift wurde) hatte gerade gesagt, dass die Agenten ihr zwar schrieben, sich sogar mit ihr verabredeten, dass aber nichts dabei herauskam. Ihr Problem war, dass sie nicht von Hause aus Beziehungen zur Bühne hatte, denn ihr Vater, ihr ganzes Umfeld, stammte vom Land. (In diesem Moment schnippte Stuart Elton den Fussel weg.) Sie hielt inne, sie fühlte sich gemaßregelt. Ja, Stuart Elton hatte, was ihr fehlte, dachte sie, als er sich bückte. Und als er sich wieder aufrichtete, entschuldigte sie sich – sie spreche zu viel über sich selbst, sagte sie – und fügte hinzu:

»Ich habe den Eindruck, Sie sind mit Abstand der glücklichste Mensch, den ich kenne.«

Das stimmte auf merkwürdige Weise mit seinen eigenen Gedanken überein, mit diesem Herabrauschen des Lebens und seiner ordentlichen Wiederherstellung, mit diesem Erlebnis des fallenden Blütenblatts und der vollständigen Rose. Aber war das ›Glück‹? Nein. Das große Wort schien nicht darauf zu passen, schien sich nicht auf diesen Zustand zu beziehen, wo man in rosigen Flocken um ein helles Licht wirbelte. Jedenfalls, sagte Mrs. Sutton, war er von all ihren Freunden derjenige, den sie am meisten beneidete. Er schien alles zu haben; sie nichts. Sie rechneten nach – beide hatten sie genug Geld; sie hatte einen Mann und Kinder; er war Junggeselle; sie war fünfunddreißig – er fünfundvierzig; sie war nie im Leben krank gewesen, während er, wie er sagte, der reinste Märtyrer eines inneren Leidens sei – den ganzen Tag verlangte es ihn danach, Hummer zu essen, dabei vertrug er ihn überhaupt nicht. Da!, rief sie, als hätte sie es jetzt heraus. Selbst seine Krankheit war für ihn ein Scherz. Lag es daran, dass er eins mit dem anderen ausglich?, fragte sie. Lag es womöglich an einem Sinn für Proportionen? Lag was woran?, fragte er, obwohl er genau wusste, was sie meinte. Aber er wollte diese unbesonnene wirre Frau auf Abstand halten, die mit ihrem übereilten Verhalten, mit ihren Klagen und ihrer Vitalität, ihrem Plänkeln und Drängeln diesen überaus wertvollen Besitz, diesen Schwebezustand umstoßen und zerstören konnte – gleichzeitig blitzten zwei Bilder in seinem Kopf auf – eine Fahne im Wind, eine Forelle in einem Bach – ausgeglichen, im Gleichgewicht in einem Strom sauberer, frischer, klarer, heller, durchsichtiger, prickelnder, andrängender Empfindung, die ihn wie die Luft oder die Strömung aufrechthielt, so dass er, wenn er eine Hand bewegte, sich bückte oder etwas sagte, den Druck der unzähligen Glücksatome löste, die sich wieder zusammenschlossen und ihn stützten.

»Nichts macht Ihnen etwas aus«, sagte Mrs. Sutton. »Nichts verändert Sie«, sagte sie und deutete mit den Händen unbeholfen Tupfer und Spritzer um ihn an, wie jemand, der hier und da Mörtel aufbringt, um Steine zusammenzuzementieren, während Stuart stumm, sehr rätselhaft, sehr demütig dastand; sie versuchte, etwas aus ihm herauszulocken, ein Stichwort, einen Schlüssel, einen Hinweis, sie beneidete ihn, grollte ihm und bildete sich ein, wenn sie mit ihrer emotionalen Bandbreite, ihrer Leidenschaft, ihren Fähigkeiten, ihrem Talent zusätzlich auch noch dieses eine hätte, dann wäre sie sofort die neue Mrs. Siddons. Sie musste es wissen, auch wenn er es ihr nicht sagen wollte.

»Ich bin heute Nachmittag nach Kew gefahren«, sagte er, beugte das Knie und schnippte noch einmal darüber – nicht dass da ein weißer Fussel gewesen wäre, aber er wollte sich durch die Wiederholung der Handlung versichern, dass sein Mechanismus noch funktionierte, was er auch tat.

Genauso würde man im Wald, verfolgt von Wölfen, Fetzen von seiner Kleidung reißen und Zwiebackstückchen abbrechen und den unseligen Wölfen zuwerfen und sich dabei auf seinem hohen, schnellen Schlitten fast, aber nicht ganz sicher fühlen.

Mit den ausgehungerten Wölfen auf den Fersen, die sich gerade um das Zwiebackstückchen balgten, das er ihnen zugeworfen hatte – die Worte »Ich bin heute Nachmittag nach Kew gefahren« –, raste Stuart Elton in schneller Fahrt zurück nach Kew, zum Magnolienbaum, zum See, zum Fluss und hob die Hand, um die Wölfe abzuwehren. Zu ihnen gehörten (denn inzwischen schien die Welt voller heulender Wölfe zu sein) auch Leute, die ihn zum Dinner oder zum Lunch einluden – manchmal sagte er zu, manchmal nicht –, und er erinnerte sich an das Gefühl der Selbstbestimmtheit dort auf dem sonnigen Rasenstück in Kew;

ebenso wie er seinen Stock schwingen konnte, konnte er dies oder jenes wählen, konnte hierhin und dorthin gehen, Stücke von seinem Zwieback abbrechen und sie den Wölfen zuwerfen, dies lesen, jenes betrachten, diesen oder jene treffen, bei irgendeinem netten Menschen aufkreuzen – »Nach Kew, allein?«, wiederholte Mrs. Sutton. »Ganz allein?«

Ach! Der Wolf kläffte ihm ins Ohr. Ach!, seufzte er, denn einen Moment lang dachte er an das heute Nachmittag geseufzte »Ach« am See, wo unter einem Baum irgendeine Frau einen weißen Stoff bestickte, während Gänse vorbeiwatschelten; er hatte geseufzt, als er den gewohnten Anblick von Liebespaaren sah, Arm in Arm; wo jetzt solcher Friede war, solche Gesundheit, war einst Zerstörung Sturm Verzweiflung gewesen; daran erinnerte ihn dieser Wolf, Mrs. Sutton. Allein, ja, ganz allein; aber er fing sich wieder, wie er sich gefangen hatte, als die jungen Leute vorbeigingen, indem er dieses – was immer es war – packte, es festhielt, weiterging und sie bedauerte.

»Ganz allein«, wiederholte Mrs. Sutton. Genau das könne sie sich nicht vorstellen, sagte sie und senkte kummervoll den dunklen Kopf mit den hellen Haaren – ganz allein glücklich zu sein.

»Ja«, sagte er.

Im Glücksgefühl liegt immer eine grandiose Verzückung. Es ist nicht gute Laune; nicht Begeisterung, nicht Lobpreis oder Ruhm, auch nicht Gesundheit (er konnte keine zwei Meilen gehen, ohne völlig erschöpft zu sein), es ist ein mystischer Zustand, Trance, Ekstase, und obwohl er Atheist, Skeptiker, ungetauft und so weiter war, wurde er den Verdacht nicht los, dass er eine gewisse Affinität zu der Ekstase hatte, die Männer zu Priestern machte und Frauen in der Blüte ihres Lebens mit gestärkten, veilchenförmigen Krausen um die Gesichter und mit zusammengepressten Lippen und versteinerten Augen die Straßen entlangwandeln ließ; aber da war ein Unterschied: sie wurden von ihr vergiftet, ihn machte sie frei. Sie befreite ihn von jeglicher Abhängigkeit von wem oder was auch immer.

Mrs. Sutton spürte genau das, während sie darauf wartete, dass er etwas sagte.

Ja, er würde seinen Schlitten anhalten, heruntersteigen, sich von den Wölfen umdrängen lassen und ihre armen, gierigen Schnauzen streicheln.

»Kew war hinreißend – voller Blüten – Magnolien, Azaleen«, er könne sich einfach keine Namen merken, erklärte er ihr.

Es war nichts, was sie zerstören konnten. Nein; aber wenn es auf so unerklärliche Weise kam, konnte es auch wieder verloren gehen, das hatte er gespürt, als er Kew verließ und am Flussufer entlang nach Richmond ging. Ein Ast konnte fallen, die Farbe konnte sich ändern, grün konnte blau werden; ein Blatt konnte zittern, und das genügte bereits; ja; das genügte, um diese erstaunliche Sache, dieses Wunder, diesen Schatz, der ihm gehörte, ihm gehört hatte und gehörte und immer gehören musste, zu erschüttern, zu zerschmettern, vollständig zu zerstören; so dachte er, und ihm wurde unbehaglich und bange, und ohne einen weiteren Gedanken an Mrs. Sutton zu verschwenden, ließ er sie stehen und ging quer durchs Zimmer und nahm einen Brieföffner in die Hand. Ja, es war alles in Ordnung. Er besaß es noch.

Vorfahren

Als Jack Renshaw diese alberne, ziemlich arrogante Bemerkung darüber machte, wie ungern er bei Cricketspielen zusah, hatte Mrs. Vallance das Bedürfnis, ihn irgendwie darauf aufmerksam zu machen, ihm, und ja, all den anderen jungen Leuten, die sie sah, verständlich zu machen, was ihr Vater gesagt hätte. Wie anders ihr Vater und ihre Mutter waren, ja, und sie selbst auch, als das hier alles! Und wie trivial alles wirkte, verglichen mit wirklich würdevollen, einfachen Männern und Frauen wie ihrem Vater, wie ihrer lieben Mutter.

»Hier sind wir nun alle!«, sagte sie unvermittelt, »eingepfercht in diesen stickigen Raum, während auf dem Land, zu Hause – in Schottland« (sie schuldete diesen törichten jungen Männern, die im Grunde recht nett waren, wenn auch ein bisschen mickrig, ihnen begreiflich zu machen, was ihr Vater, was ihre Mutter und auch sie selbst fühlten, denn sie war im Innersten wie ihre Eltern).

»Sind Sie Schottin?«

Er wusste es also nicht, er wusste nicht, wer ihr Vater war – dass er John Ellis Rattray und dass ihre Mutter Catherine Macdonald war.

Er habe einmal eine Nacht in Edinburgh verbracht, sagte Mr. Renshaw.

Eine Nacht in Edinburgh! Und sie hatte all die wunderbaren Jahre dort verlebt – dort und in Elliottshaw, an der Grenze zu Northumberland. Dort war sie zwischen den Johannisbeerbüschen umhergetollt; dorthin kamen die Freunde ihres Vaters, und obwohl sie nur ein Mädchen war, hatte sie die wunderbarsten Gespräche ihrer Zeit mit angehört. Sie sah immer noch vor sich, wie ihr Vater, Sir Duncan Clements und Mr. Rogers (der alte Mr. Rogers war für sie das Inbild eines griechischen Weisen) nach dem Dinner bei Sternenschein unter der Zeder saßen. Sie sprachen über Gott und die Welt, so erschien es ihr jetzt; sie waren zu großherzig, um sich je über andere Leute lustig zu machen. Sie hatten sie gelehrt, die Schönheit zu verehren. Was war schön an diesem stickigen Londoner Zimmer?

»Die armen Blumen«, rief sie aus, denn krumpelige, zerquetschte Blütenblätter – ein oder zwei Nelken – lagen zertreten auf dem Boden. Aber womöglich war ihre Zuneigung zu Blumen fast zu groß. Ihre Mutter hatte Blumen geliebt; von Kindesbeinen an hatte man ihr beigebracht, dass, wenn man einer Blume wehtat, das Erlesenste in der gesamten Natur verletzt wurde. Die Natur war schon immer ihre Leidenschaft gewesen; die Berge, das Meer. Hier in London schaute man aus dem Fenster und sah weitere Häuser – Menschen in kleinen Schachteln übereinander gepackt. Das war eine Atmosphäre, in der sie selber unmöglich leben konnte. Sie konnte es nicht ertragen, in London herumzulaufen und die kleinen Kinder auf der Straße spielen zu sehen. Vielleicht war sie zu empfindlich; das Leben könnte nicht funktionieren, wenn alle Leute wie sie wären, aber wenn sie an ihre eigene Kindheit zurückdachte und an ihren Vater und ihre Mutter und an die Schönheit und Liebe, mit der sie überschüttet wurden …

»Was für ein hübsches Kleid!«, sagte Jack Renshaw; und *das* kam ihr vollkommen unpassend vor – dass ein junger Mann Frauenkleider überhaupt bemerkte!

Ihr Vater verehrte Frauen zutiefst, aber er wäre nie auf die Idee gekommen, darauf zu achten, was sie anhatten. Und unter all diesen Mädchen war keine Einzige, die man hätte schön nennen können – so wie sie ihre Mutter in Erinnerung hatte –, ihre liebe, stattliche Mutter, die sich sommers wie winters, ob sie Gäste hatten oder nicht, nie unterschiedlich zu kleiden schien, die aber immer nach *sich selbst* aussah, in Spitze, und als sie älter wurde in einem Häubchen. Als Witwe konnte sie stundenlang zwischen ihren Blumen sitzen, und sie schien mehr mit Geistern Umgang zu pflegen als mit ihnen allen und von der Vergangenheit zu träumen, die nach Mrs. Vallances Meinung irgendwie viel realer war als die Gegenwart. Und wenn schon! Es ist die Vergangenheit mit diesen wunderbaren Männern und Frauen, dachte sie, in der ich eigentlich lebe: sie sind es, die mich kennen; nur diese Menschen (und sie dachte an den Garten im Sternenschein und an die Bäume und an den alten Mr. Rogers und ihren Vater, der in seinem weißen Leinenjackett dasaß und rauchte) haben mich je verstanden. Sie spürte, dass ihre Augen ganz weich und tief wurden, wie wenn sich Tränen ankündigen, während sie in Mrs. Dalloways Salon stand und nicht diese Leute, diese Blumen, diese plappernde Versammlung anschaute, sondern sich selbst, wie sie als kleines Mädchen, das so weit reisen sollte, Steinkraut pflückte und dann auf dem Bett in der Mansarde saß, die nach Kiefernholz duftete, und Geschichten und Gedichte las. Zwischen zwölf und fünfzehn hatte sie den gesamten Shelley gelesen, und sie trug ihn, die Hände auf dem Rücken, ihrem Vater vor, während er sich rasierte. Aus ihrem Hinterkopf stiegen Tränen auf, als sie dieses Bild vor sich sah, und fügten das Leid eines gesamten Lebens (sie hatte entsetzlich gelitten – das Leben war über sie hinweggegangen wie eine Walze – das Leben war nicht, wie es ihr damals erschienen war – es war wie diese Party) zu dem Kind hinzu, das dort stand und Shelley rezitierte, mit seinen dunklen, wilden Augen. Und was hatten sie später nicht alles gesehen! Und niemand außer diesen inzwischen verstorbenen Menschen, begraben im stillen Schottland, hatte sie je gekannt, je gewusst, was in ihr steckte – und jetzt kamen die Tränen näher, als sie an das kleine Mädchen im Baumwollkleidchen dachte; wie groß und dunkel ihre Augen waren, wie schön sie aussah, wenn sie die »Ode an den Westwind« aufsagte, wie stolz ihr Vater auf sie war, und wie großartig er war, und wie großartig ihre Mutter war, und wie sie damals bei ihnen so rein, so gut, so begabt war, dass sie alles hätte werden können. Wenn sie weiter gelebt hätten und sie immer dort im Garten bei ihnen geblieben wäre (der ihr jetzt als der Ort erschien, wo sie ihre gesamte Kindheit verbracht hatte, und er lag immer im Sternenlicht, und es war immer Sommer, und sie saßen immer draußen unter der Zeder und rauchten, außer dass ihre Mutter dann irgendwie allein in ihrer Witwenhaube zwischen den Blumen träumte – und wie gut und freundlich und respektvoll die alten Dienstboten waren, Andrewes, der Gärtner, Jersy, die Köchin und der alte Neufundländer Sultan; und die Weinranke und der Teich und die Pumpe – und Mrs. Vallance verglich mit zornigem, hochmütigem und zynischem Gesichtsausdruck ihr Leben mit dem anderer Leute) und wenn dieses Leben für immer so weitergegangen wäre, dann, so dachte Mrs. Vallance, hätte nichts von alledem existiert – und sie schaute Jack Renshaw und das Mädchen an, dessen Kleid er bewunderte – und sie wäre, oh, vollkommen glücklich, vollkommen gut gewesen, während sie stattdessen hier gezwungen war, anzuhören, wie ein junger Mann – und sie lachte beinahe verächtlich, und doch standen Tränen in ihren Augen – sagte, er könne es nicht ertragen, sich Cricketspiele anzusehen.

Lily Everit wird vorgestellt

Lily Everit sah, wie Mrs. Dalloway von der anderen Seite des Raums auf sie zusteuerte, und hätte sie bitten können, nicht zu kommen und sie zu stören; aber als Mrs. Dalloway nahte, mit erhobener Hand und einem Lächeln, das, wie Lily wusste (obwohl es ihre erste Party war), bedeutete: »Also, du musst aus deinem Winkel herauskommen und dich unterhalten«, einem wohlwollenden und zugleich streng befehlenden Lächeln, empfand sie eine höchst seltsame Mischung aus Erregung und Furcht, aus dem Wunsch, in Ruhe gelassen, und aus der Sehnsucht, herausgeholt und hinabgeworfen zu werden, hinab in die brodelnden Tiefen. Aber Mrs. Dalloway wurde aufgehalten; abgefangen von einem alten Herrn mit weißem Schnurrbart, und dadurch hatte Lily Everit zwei Minuten Aufschub, in denen sie sich selbst mit den Armen umschlang wie einen Mast auf hoher See und schlückchenweise, wie ein Glas Wein, den Gedanken an ihren Essay über den Charakter von Dekan Swift genoss, den Professor Miller an diesem Vormittag mit drei roten Sternen bewertet hatte: Erstklassig. ›Erstklassig‹ wiederholte sie im Stillen, aber das Stärkungsmittel war jetzt bedeutend schwächer als in dem Moment, da sie vor dem hohen Spiegel stand und von ihrer Schwester und Mildred, dem Hausmädchen, zurechtgemacht wurde (ein Klaps hier, ein Tupfer dort). Denn während die beiden angenehm an ihrer Oberfläche herumhantierten, hatte sie das Gefühl, dass darunter unberührt wie ein glühender Metallkern ihr Essay über den Charakter von Dekan Swift lag. Und die allgemeine Bewunderung, als sie die Treppe herunterkam und in der Halle stehenblieb, um auf das Taxi zu warten – Rupert war sogar aus seinem Zimmer gekommen und hatte gesagt, sie sehe todschick aus –, kräuselte nur die Oberfläche, wehte wie eine Brise durch Bänder, nicht mehr. Man teilte das Leben auf (da hatte sie keinen Zweifel) in Fakten: diesen Essay, und Fiktion: dieses Ausgehen; in Fels und Welle, dachte sie, als sie dahinfuhr und die Dinge mit solcher Intensität wahrnahm, dass sie für immer die Wahrheit und sich selbst, eine weiße Spiegelung im dunklen Rücken des Fahrers, untrennbar vermengt sehen würde: den Augenblick der Hellsichtigkeit. Als sie dann aber das Haus betrat und die Menschen die Treppe hinauf- und hinuntergehen sah, geriet dieser harte Kern (ihr Essay über den Charakter Swifts) plötzlich ins Wanken, begann zu schmelzen, sie konnte ihn nicht festhalten, und ihr ganzes Wesen (nicht länger scharf wie ein Diamant, der das Herz des Lebens spaltet) verwandelte sich in einen Nebel aus Ängstlichkeit, Besorgnis und Selbstschutz, während sie abseits in ihrem Winkel stand. Dies war nun der vielgerühmte Ort: die Welt.

Lily Everit schaute sich um und dabei stellte sie automatisch ihren Essay hintan, so beschämt war sie jetzt und so verwirrt, und dennoch brannte sie darauf, ihre Aufmerksamkeit zu bündeln und diese schrumpfenden und sich ausdehnenden Dinge (wie sollte man sie nennen? Menschen? Impressionen von menschlichem Leben?) ins richtige Verhältnis zu setzen (denn ihre alten Maßstäbe waren beschämend verkehrt gewesen), sie schienen sie zu bedrohen und zu überwältigen, alles in Wasser zu verwandeln, so dass ihr nur – das ließ sie sich nicht nehmen – die Kraft blieb, abseits zu stehen.

Jetzt erhob Mrs. Dalloway, die ihren Arm nie ganz hatte sinken lassen und ihn während ihrer Unterhaltung in einer Weise bewegte, die deutlich machte, dass sie sie nicht vergessen hatte, sondern nur von dem alten Soldaten mit dem weißen Schnurrbart unterbrochen worden war, endgültig ihren Arm und kam auf sie zu und sagte zu dem reizenden schüchternen Mädchen mit der blassen Haut, den glänzenden Augen und dem dunklen Haar, das sich poetisch um ihren Kopf schmiegte, und dem dünnen Körper in einem Kleid, das herabzugleiten schien:

»Kommen Sie, ich möchte Sie jemandem vorstellen«, und hier zögerte Mrs. Dalloway, doch dann fiel ihr ein, dass Lily die Kluge war, die Gedichte las, und sie sah sich nach irgendeinem jungen Mann um, der gerade aus Oxford kam, der alles gelesen hatte und sich über Shelley unterhalten konnte. Sie fasste Lily Everit bei der Hand und führte sie zu einer Gruppe, in der junge Menschen sich unterhielten und in der Bob Brinsley stand.

Lily Everit blieb ein wenig zurück, sie hätte das widerspenstige Segelboot sein können, das im Kielwasser eines Dampfers dümpelte, und sie spürte, dass Mrs. Dalloway sie verlockte, dass es gleich passieren würde, nichts konnte es mehr verhindern oder sie davor bewahren (und sie wollte es jetzt einfach nur noch hinter sich bringen), in einen Strudel geworfen zu werden, wo sie entweder untergehen oder gerettet werden würde. Aber was war der Strudel?

Oh, er bestand aus unzähligen Dingen, alle ganz deutlich; Westminster Abbey; das Gefühl, von ungeheuer hohen Gebäuden umgeben zu sein; eine Frau zu sein. Vielleicht war es das, was herauskam, was blieb, zum Teil war es das Kleid, aber all die kleinen Höflichkeiten und Ehrbezeigungen des Salons – all das gab ihr das Gefühl, aus ihrem Kokon geschlüpft zu sein und zu etwas erklärt zu werden, das sie in der gemütlichen Dunkelheit der Kindheit nie gewesen war – dieses zerbrechliche und schöne Wesen, vor dem Männer sich verneigten, dieses umgrenzte und konturierte Wesen, das nicht tun konnte, was es wollte, dieser Schmetterling mit Augen aus tausend Facetten und einem zarten, feinen Federkleid und zahllosen Schwierigkeiten und Empfindlichkeiten und Traurigkeiten: eine Frau.

Während sie mit Mrs. Dalloway durch den Raum schritt, nahm sie die Rolle an, die ihr nun auferlegt war, und sie übertrieb verständlicherweise ein wenig, wie ein Soldat unter Umständen in seinem Stolz auf die Traditionen einer alten und berühmten Uniform übertreibt – sie spürte im Gehen ihren Putz, ihre engen Schuhe, ihr verschlungenes, eingedrehtes Haar – und wenn sie ein Taschentuch fallen ließ (das war schon vorgekommen), würde ein Mann sich eilfertig bücken und es ihr überreichen; und so betonte sie unnatürlich die Zartheit, die Künstlichkeit ihrer Haltung, denn all das passte eigentlich nicht zu ihr.

Zu ihr passte eher, auf langen einsamen Spaziergängen zu rennen und zu grübeln, über Gatter zu klettern, durch den Schlamm und durch den Dunst zu laufen, der Traum, die Ekstase der Einsamkeit, den aufgefächerten Schwanz des Regenpfeifers zu sehen und die Kaninchen aufzustören und in der Tiefe des Waldes oder in weiten, einsamen Mooren auf kleine Zeremonien ohne Publikum zu stoßen, private Riten, pure Schönheit, dargeboten von Käfern und Maiglöckchen und toten Blättern und stillen Tümpeln ohne die Sorge, was die Menschen von ihnen dachten; das erfüllte sie mit Begeisterung und Staunen und fesselte sie, bis sie den Zaunpfahl berühren musste, um wieder zu sich zu kommen – alles dies hatte bis heute Abend ihr Wesen ausgemacht, in dem sie sich erkannte und mochte und mit dem sie sich in die Herzen von Vater und Mutter, Brüdern und Schwestern einschlich; das andere aber war eine Blume, die sich innerhalb von zehn Minuten geöffnet hatte. Ebenso wie die Blume öffnete sich unweigerlich auch deren Welt, so anders, so fremd; die Türme von Westminster, die hohen offiziellen Gebäude, Gespräche; diese Zivilisation, dachte sie und ließ sich ein wenig zurückfallen, während Mrs. Dalloway sie hinter sich herzog, diese festen Regeln folgende Lebensweise, die sich wie ein Joch sanft und unabwendbar aus den Himmeln auf ihren Nacken senkte, war eine Behauptung, die sich nicht bestreiten ließ. Sie dachte an ihren Essay, doch dabei verblassten die drei Sterne, allerdings friedlich und versonnen, als wichen sie dem Druck einer unbezweifelbaren Macht: der Überzeugung, dass es ihr nicht zukam, zu bestimmen oder sich durchzusetzen, sondern eher dieses geordnete Leben zu erfrischen und zu verschönern, in dem alles bereits erledigt war: hohe Türme, feierliche Glocken, Wohnungen, Stein für Stein durch Männerarbeit erbaut, Kirchen erbaut durch Männerarbeit, auch Parlamente und selbst das Kreuz und Quer der Telegrafendrähte, dachte sie, als sie beim Gehen zum Fenster blickte. Was konnte sie diesen massiven männlichen Leistungen entgegensetzen? Einen Essay über den Charakter von Dekan Swift! Und als sie sich zu der Gruppe gesellte, in der Bob Brinsley das Sagen hatte (den Fuß auf dem Kaminbock, den Kopf zurückgeworfen) mit seiner hohen, aufrichtigen Stirn und seiner Selbstgewissheit, seinem Takt- und Ehrgefühl, seiner körperlichen Robustheit, seiner Sonnenbräune, seiner Munterkeit und seiner direkten Abstammung von Shakespeare, was konnte sie anderes tun, als ihren Essay, und ach, ihr ganzes Selbst wie einen Mantel zum Darauftreten auf den Boden zu legen, wie eine Rose zum Zerfleddern. Und genau das tat sie, als Mrs. Dalloway, die immer noch aus Sorge, sie könnte vor dieser höchsten Prüfung fliehen, ihre Hand festhielt und sie mit den Worten vorstellte: »Mr. Brinsley – Miss Everit. Sie beide lieben Shelley.« Doch ihre Liebe war nichts verglichen mit seiner.

Mrs. Dalloway war, als sie dies sagte, wie immer, wenn sie sich an ihre Jugend erinnerte, unsinnig ergriffen; wenn durch ihre Vermittlung Jugend auf Jugend traf und dabei, wie beim Zusammenstoßen von Stahl und Flint (die beiden versteiften sich ihrem Gefühl nach wahrnehmbar), das schönste und älteste aller Feuer aufloderte, erkennbar an Bob Brinsleys Gesichtsausdruck, der, als er ihr die Hand schüttelte, von Gleichgültigkeit zu Konvention und

Höflichkeit überging, was, wie Clarissa fand, Zärtlichkeit, Güte, Behutsamkeit gegenüber Frauen verriet, die in allen Männern schlummert – für sie ein Anblick, der ihr Tränen in die Augen treiben konnte, während es sie *noch* tiefer berührte, an Lily den Ausdruck scheuen Erschreckens zu sehen, gewiss den schönsten Ausdruck auf dem Gesicht eines Mädchens. Und wenn der Mann dies für die Frau fühlte und die Frau jenes für den Mann, und aus diesem Kontakt alle Häuslichkeit erwuchs, Heimsuchungen und Sorgen, tiefe Freude und letzte Standhaftigkeit im Angesicht der Katastrophe, dann war die Menschheit im Innersten liebenswürdig, dachte Clarissa, und ihr eigenes Leben (wenn sie ein Paar miteinander bekannt machte, fiel ihr ein, wie sie Richard kennengelernt hatte!) unendlich gesegnet. Und dann ging sie.

Aber, dachte Lily Everit. Aber – aber – aber was?

Ach nichts, dachte sie hastig und unterdrückte sanft ihren wachen Instinkt. Ja, sagte sie. Sie lese gern.

»Und ich nehme an, Sie schreiben auch?«, sagte er. »Gedichte vermutlich?«

»Essays«, sagte sie. Und sie würde sich von diesem Grauen nicht beherrschen lassen. Kirchen und Parlamente, Wohnungen, sogar die Telegrafendrähte – alles, sagte sie sich, durch Männerarbeit gemacht, und dieser junge Mann, sagte sie sich, stammt in direkter Linie von Shakespeare ab, also würde sie dieser Angst, diesem Argwohn gegen etwas Andersartiges nicht gestatten, sich ihrer zu bemächtigen und ihre Flügel zu stutzen und sie in die Einsamkeit zu verbannen. Aber während sie das dachte, sah sie – wie sollte sie es anders beschreiben –, wie er eine Fliege tötete. Er riss einer Fliege die Flügel aus; mit einem Fuß auf dem Kaminbock, den Kopf zurückgeworfen – sprach er unverschämt, arrogant von sich selbst, aber ihr war es egal, wie unverschämt und arrogant er sich ihr gegenüber verhielt, wenn er nur nicht brutal gegen Fliegen gewesen wäre.

Aber, sagte sie sich und unterdrückte dann nervös diesen Gedanken, warum nicht, wo er doch das größte aller irdischen Dinge ist? Und Anbeten, Schmücken, Verschönern war ihre Aufgabe, und zum Angebetetwerden, dafür waren ihre Flügel da. Aber er redete; aber er schaute; aber er lachte; er riss einer Fliege die Flügel aus. Er zog ihr mit seinen schlauen, kräftigen Händen die Flügel vom Rücken, und sie hatte es gesehen; und sie konnte das Wissen darum nicht vor sich verbergen. Aber es muss so sein, redete sie sich ein und dachte an die Kirchen, an die Parlamente und die Wohnblöcke und versuchte zu kriechen und sich zu ducken und die Flügel flach auf ihren Rücken zu falten. Aber – aber, was war das, warum war das? Trotz aller Bemühungen wurde ihr Essay über den Charakter Swifts immer aufdringlicher und die drei Sterne leuchteten wieder ganz hell, bloß nicht mehr klar und glänzend, sondern trüb und blutbefleckt, als hätte dieser Mann, dieser große Mr. Brinsley, nur dadurch, dass er einer Fliege die Flügel ausrupfte, während er redete (über seinen Essay, über sich selbst, und einmal lachte er über ein anderes Mädchen), ihr leichtes Wesen mit Wolken belastet und sie für immer, für immer verwirrt und die Flügel auf ihrem Rücken verschrumpeln lassen, und als er sich von ihr abwandte, konnte sie nur mit Grauen an die Türme und die Zivilisation denken. Und das Joch, das sich aus den Himmeln auf ihren Nacken gesenkt hatte, zermalmte sie, und sie fühlte sich wie eine nackte Jammergestalt, die in einem schattigen Garten Schutz gesucht hat und nun vertrieben wird und der man sagt: Nein, es gibt keine Schutzräume oder Schmetterlinge in dieser Welt und in dieser Zivilisation, den Kirchen, Parlamenten und Wohnhäusern – diese Zivilisation, stellte Lily Everit fest, als sie die freundlichen Komplimente der alten Mrs. Bromley über ihre Erscheinung anhörte, hängt von mir ab, und Mrs. Bromley sagte später, Lily, wie alle Everits, sehe aus, »als trüge sie das Gewicht der ganzen Welt auf ihren Schultern«.

Zusammen und entzweit

Mrs. Dalloway stellte sie einander vor mit der Bemerkung: »Sie werden ihn mögen.« Das Gespräch begann einige Minuten, bevor irgendetwas gesagt wurde, denn beide, Mr. Serle und Miss Anning betrachteten den Himmel, und der Himmel ergoss sich bedeutungsvoll, wenn auch sehr unterschiedlich in ihre Seelen, bis die Gegenwart von Mr. Serle neben Miss Anning so unabweisbar wurde, dass sie nicht mehr den Himmel an sich sah, sondern einen Himmel, gestützt vom großgewachsenen Körper, den dunklen Augen, dem grauen Haar, den verschränkten Händen, dem strengen, melancholischen (aber sie hatte gehört ›pseudomelancholischen‹) Gesicht Roderick Serles, und obwohl sie wusste, wie töricht es war, konnte sie sich nicht enthalten zu sagen:

»Was für eine schöne Nacht!«

Töricht! Dämlich und töricht! Aber man wird doch mit vierzig töricht sein dürfen im Angesicht des Himmels, der die Weisesten um den Verstand bringt – sie zu bloßen Strohwischen macht – sie und Mr. Serle zu Atomen, Staubkörnchen, die an Mrs. Dalloways Fenster standen, ihr Leben, bei Mondlicht besehen, nicht länger als das eines Insekts und ebenso unwichtig.

»Tja«, sagte Miss Anning und klopfte auffordernd auf das Sofakissen, also setzte er sich neben sie. War er »pseudomelancholisch«, wie es hieß? Angeregt vom Himmel, der alles, was sie sagten und taten, recht bedeutungslos erscheinen ließ, äußerte sie einen weiteren Gemeinplatz:

»Als ich als Mädchen in Canterbury war, gab es dort eine Mrs. Serle.«

Erfüllt vom Himmel hatte Mr. Serle unmittelbar eine Vision der Gräber seiner Vorfahren in blauem, romantischem Licht, seine Augen wurden groß und dunkel, und er sagte:

»Ja. – Wir sind ursprünglich eine normannische Familie, die mit Wilhelm dem Eroberer herüberkam. In der Kathedrale liegt ein Richard Serle begraben. Er war Ritter vom Hosenbandorden.«

Miss Anning schien es, als wäre sie zufällig auf den echten Menschen gestoßen, über den die Fassade des Pseudomenschen gestülpt worden war. Unter dem Einfluss des Mondes (der Mond symbolisierte für sie den Menschen, sie sah ihn durch einen Vorhangschlitz und sie schöpfte Mondlicht, trank Mondlicht) konnte sie beinahe alles sagen, und sie machte sich daran, den echten Mann freizulegen, der unter dem falschen begraben war, und sie sagte zu sich: »Auf, Stanley, vorwärts« – was eine ihrer Losungen war, ein heimlicher Ansporn oder eine Zuchtrute, wie sie Menschen mittleren Alters oft benutzen, um irgendein eingefleischtes Laster zu geißeln, in ihrem Fall eine beklagenswerte Schüchternheit oder eher Bequemlichkeit, denn es mangelte ihr eigentlich nicht an Mut, sondern vielmehr an Energie, vor allem in Gesprächen mit Männern, denn die jagten ihr ziemliche Angst ein. Daher erschöpften sich ihre Gespräche oft in Gemeinplätzen, und sie hatte nur sehr wenige männliche Freunde – eigentlich überhaupt nur sehr wenige enge Freunde, dachte sie – aber brauchte sie sie denn eigentlich? Nein. Sie hatte Sarah, Arthur, das Cottage, den Chow-Chow und natürlich *das,* und bei diesem Gedanken sonnte sie sich auf dem Sofa neben Mr. Serle in dem deutlichen Gefühl dass sich dort etwas angesammelt hatte, ein Strauß von Wundern, den ihrer Meinung nach niemand anderes besitzen konnte (da nur sie Arthur, Sarah, das Cottage und den Chow-Chow hatte), und wieder sonnte sie sich in der Befriedigung über diesen Besitz, und ihr wurde bewusst, dass sie es sich mit alledem und dem Mond (Musik, das war der Mond) leisten konnte, diesen Mann und seinen Stolz auf die Serles begraben bleiben zu lassen. Nein! Hier lauerte gerade die Gefahr – sie durfte nicht in Apathie versinken – nicht in ihrem Alter. »Auf, Stanley, vorwärts«, sagte sie sich und fragte ihn:

»Kennen Sie Canterbury?«

Ob er Canterbury kannte! Mr. Serle musste lächeln über diese absurde Frage – wie wenig sie wusste, diese nette, stille Frau, die irgendein Instrument spielte und intelligent wirkte und schöne Augen hatte und eine hübsche alte Kette trug – wie wenig sie wusste, was es bedeutete. Gefragt zu werden, ob er Canterbury kannte – wo die besten Jahre seines Lebens, all seine Erinnerungen, Dinge, die er nie jemandem hatte erzählen können, die er aber aufzuschreiben versucht hatte – ach, aufzuschreiben versucht hatte (und er seufzte) –, die sich alle um Canterbury drehten: das brachte ihn zum Lachen.

Sein Seufzen und dann sein Lachen, seine Melancholie und sein Humor machten ihn bei den Leuten beliebt, das wusste er, und dennoch hatte seine Beliebtheit die Enttäuschung nicht aufwiegen können, und wenn er von der Zuneigung lebte, die die Menschen ihm entgegenbrachten (indem er lange Besuche bei mitfühlenden Damen machte, lange, lange Besuche), so doch zur Hälfte mit einem bitteren Nachgeschmack, denn er hatte nicht ein Zehntel von dem erreicht, was er hätte erreichen können und was er sich in seinen jugendlichen Träumen in Canterbury vorgenommen hatte. Bei Fremden empfand er neue Hoffnung, denn sie konnten nicht behaupten, er habe die in ihn gesetzten Erwartungen nicht erfüllt, sie erlagen seinem Charme und ermöglichten ihm einen Neuanfang – mit fünfzig! Sie hatte etwas ausgelöst. Felder und Blumen und graue Gebäude bildeten Silbertropfen an den öden, dunklen Wänden seines Gemüts und rannen herab. Mit solch einem Bild fingen oft seine Gedichte an. Er spürte das Verlangen, jetzt, neben dieser stillen Frau Bilder zu formen.

»Ja, ich kenne Canterbury«, sagte er gedankenverloren, gefühlvoll, und lud damit, wie Miss Anning merkte, zu diskreten Fragen ein, und gerade das machte ihn für viele Leute so interessant, aber seine außerordentliche Versiertheit und Empfänglichkeit für Gespräche hatte ihn ruiniert, so dachte er oft, wenn er nach einer dieser Partys die Manschettenknöpfe abnahm und seine Schlüssel und das Kleingeld auf den Toilettentisch legte (während der Saison ging er manchmal fast jeden Abend aus), und wenn er sich dann unten beim Frühstück ganz anders, mürrisch, unangenehm gegenüber seiner kränkelnden Frau verhielt, die nie ausging, sondern nur manchmal von alten Freunden besucht wurde, hauptsächlich von Freundinnen, die sich für indische Philosophie und für verschiedene Heilmethoden und verschiedene Ärzte interessierten, was Roderick Serle dann mit irgendeiner sarkastischen Bemerkung abfertigte, die zu klug war, als dass sie ihr irgendetwas hätte entgegensetzen können, außer sanfte Vorhaltungen und ein oder zwei Tränen – er hatte versagt, dachte er oft, weil er sich nicht vollständig von der Gesellschaft und vom Zusammensein mit Frauen, das ihm ein solches Bedürfnis war, abkapseln und schreiben konnte. Er hatte sich zu sehr vom Leben vereinnahmen lassen – und an dieser Stelle schlug er ein Bein über das andere (all seine Bewegungen waren ein wenig unkonventionell und vornehm) und suchte die Schuld nicht bei sich, sondern schob sie auf den Reichtum seiner Natur, die er vorteilhaft mit der von beispielsweise Wordsworth verglich, und da er den Menschen so viel gegeben hatte, überlegte er, den Kopf in die Hände gestützt, sollten sie ihrerseits ihm helfen, und dies war das Vorspiel – zitternd, faszinierend, aufregend – zum Gespräch; und in seinem Kopf sprudelte es nur so vor Bildern.

»Sie ist wie ein Obstbaum – wie ein blühender Kirschbaum«, sagte er und blickte eine jugendliche Frau mit feinem weißem Haar an. Das war ein hübsches Bild, dachte Ruth Anning – recht hübsch, aber sie war nicht sicher, ob ihr dieser vornehme melancholische Mann mit seinen Gesten gefiel; und es ist seltsam, dachte sie, wie Gefühle beeinflusst werden. *Er* gefiel ihr nicht, während ihr dieser Vergleich einer Frau mit einem Kirschbaum durchaus gefiel. Fasern von ihr schwebten launisch hin und her wie die Tentakel einer Seeanemone, erst angeregt, dann brüskiert, und ihr Gehirn, meilenweit entfernt, kühl und distanziert, schwebte hoch darüber und erhielt Botschaften, aus denen es mit der Zeit Schlüsse ziehen würde, so dass sie, wenn die Leute über Roderick Serle sprachen (und er war gewissermaßen eine Persönlichkeit) ohne Zögern sagen würde »Ich mag ihn« oder »Ich mag ihn nicht«, und ihre Meinung stünde für immer fest. Ein seltsamer Gedanke, ein feierlicher Gedanke, der das, woraus die menschliche Gemeinschaft bestand, in merkwürdigem Licht erscheinen ließ.

»Komisch, dass Sie Canterbury kennen«, sagte Mr. Serle. »Es versetzt einem immer einen Schrecken«, fuhr er fort (nachdem die weißhaarige Dame vorbeigegangen war), »wenn man jemanden kennenlernt« (sie hatten sich nie zuvor getroffen), »zufällig, sozusagen, der etwas am Rand berührt, das einem sehr viel bedeutet hat, ohne jede Absicht, denn ich nehme an, Canterbury war für Sie nichts anderes als eine hübsche alte Stadt. Sie sind also einen Sommer lang dort gewesen bei einer Tante?« (Mehr wollte Ruth Anning ihm nicht über ihren Besuch in Canterbury sagen.) »Und Sie haben die Sehenswürdigkeiten angeschaut und sind abgefahren und haben nie wieder daran zurückgedacht.«

Sollte er das doch glauben; da sie ihn nicht mochte, war es ihr recht, wenn er mit einer ganz abwegigen Vorstellung von ihr fortging. Denn in Wirklichkeit waren ihre drei Monate in Canterbury grandios gewesen. Sie erinnerte sich in allen Einzelheiten, auch wenn es nur eine Stippvisite gewesen war, an den Besuch bei Miss Charlotte Serle, einer Bekannten ihrer Tante. Selbst jetzt konnte sie Miss Serles Ausspruch über den Donner wörtlich wiedergeben. »Immer wenn ich nachts aufwache und es donnern höre, denke ich: ›Jemand ist umgekommen‹. Und sie sah den harten, rauhen Teppich mit dem Rautenmuster noch vor sich, ebenso wie die zwinkernden, trüben braunen Augen der alten Dame, die, während sie über den Donner sprach, ihre leere Teetasse zum Eingießen hinhielt. Und immer sah sie Canterbury, ganz Gewitterwolke und blasse Apfelblüte, und die langen grauen Rücken der Häuser.

Der Donner weckte sie aus der geistesabwesenden inneren Überfülle des mittleren Alters; ›Auf, Stanley, vorwärts‹, sagte sie zu sich; ›dieser Mann soll mir nicht mit einer falschen Meinung über mich entgleiten wie alle anderen Leute; ich werde ihm die Wahrheit sagen.

»Ich habe Canterbury geliebt«, sagte sie.

Er fing sofort Feuer. Das war seine Gabe, sein Fehler, sein Schicksal.

»Geliebt«, wiederholte er. »Das sehe ich Ihnen an.«

Ihre Blicke trafen sich; eigentlich kollidierten sie geradezu, denn beide spürten, dass das zurückgezogene Wesen, das hinter den Augen in der Dunkelheit sitzt, während sein seichter, beweglicher Kumpan sich überschlägt und winkt und die Maskerade am Laufen hält, sich plötzlich aufrichtete, seinen Mantel abwarf und sich dem anderen entgegenstellte. Es war beängstigend, es war phantastisch. Sie waren ältlich und zu glänzender Glätte abgeschliffen, so dass Roderick Serle vielleicht ein Dutzend Partys pro Saison besuchte und dabei nichts Ungewöhnliches empfand, oder bloß ein sentimentales Bedauern und das Begehren nach hübschen Bildern – wie das vom blühenden Kirschbaum –, und nie wurde das Überlegenheitsgefühl gegenüber seiner Umgebung angetastet, ein Gefühl brachliegender Ressourcen, das ihn unzufrieden mit seinem Leben, mit sich selbst, gähnend leer, schlecht gelaunt nach Hause entließ. Aber jetzt, ganz unerwartet, wie ein weißer Strahl im Dunst (aber dieses beherrschende Bild formte sich unausweichlich, blitzartig) war es geschehen: die einstige Ekstase des Lebens, sein unbesiegbarer Überfall, denn es war unangenehm, aber gleichzeitig frohlockte und verjüngte es und füllte die Adern und Nerven mit Fäden aus Eis und Feuer; es war beängstigend.

»Canterbury vor zwanzig Jahren«, sagte Miss Anning, wie wenn man ein zu intensives Licht beschattet oder einen rotflammenden Pfirsich mit einem grünen Blatt bedeckt, weil er zu stark, zu reif, zu rund ist.

Manchmal wünschte sie, sie hätte geheiratet. Manchmal kam ihr der kühle Frieden der Lebensmitte mit seinen automatischen Mechanismen zum Schutz von Geist und Körper vor Verletzungen verglichen mit dem Donner und der blassen Apfelblüte von Canterbury minderwertig vor. Sie konnte sich etwas anderes vorstellen, etwas wie Blitzschläge, etwas Intensiveres. Sie konnte sich eine körperliche Berührung vorstellen. Sie konnte sich vorstellen …

Und obwohl sie Mr. Serle nie zuvor gesehen hatte, sandten nun ihre Sinne, diese Tentakel, die angeregt und brüskiert worden waren, keine Botschaften mehr, sie lagen ruhig da, als würden sie und Mr. Serle sich so vollkommen kennen, als wären sie tatsächlich so eng verbunden, dass sie sich nur noch Seite an Seite diesen Bach hinabtreiben lassen müssten.

›Es gibt nichts Seltsameres als den Umgang mit Menschen‹, dachte sie, ›weil er so wandelbar, so außerordentlich irrational ist‹, denn ihre Abneigung hatte sich geradezu in höchste Liebesverzückung verwandelt, doch kaum, dass ihr das Wort »Liebe« einfiel, verwarf sie es und überlegte, wie dunkel das Bewusstsein war mit seinen wenigen Worten für all diese erstaunlichen Wahrnehmungen, diese Wechsel von

Schmerz und Lust. Denn wie sollte man dies nennen? Das fühlte sie jetzt, den Entzug menschlicher Zuneigung, Serles Verschwinden und ihrer beider unmittelbares Bedürfnis, etwas zu überdecken, das so trostlos und degradierend für die menschliche Natur war, dass alle Leute es begruben, um es vornehm vor den Blicken anderer zu verbergen – dieses Zurückziehen, dieser Vertrauensbruch –, und um eine anständige und allgemein akzeptierte Begräbnisform zu finden, sagte sie:

»Komme, was da wolle, Canterbury können sie natürlich nicht ruinieren.«

Er lächelte; er nahm es an; er schlug die Beine andersherum übereinander. Sie spielte ihre Rolle, er seine. So endeten die Dinge. Und über beide senkte sich plötzlich diese lähmende Gefühlsleere, wenn nichts aus der Seele strömt, wenn ihre Wände wie Schieferplatten erscheinen, wenn die Leere geradezu schmerzt und die Augen versteinert auf ein und denselben Punkt fixiert sind – auf ein Muster, einen Kohleneimer –, den sie mit einer Deutlichkeit sehen, die gerade deswegen so erschreckend ist, weil keine Emotion, kein Gedanke, kein irgendwie gearteter Eindruck kommt, um ihn abzuwandeln, zu verschönern, weil die Quellen des Gefühls versiegt sind, und wie das Gemüt sich versteift, so auch der Körper – starr, statuesk, so dass weder Mr. Serle noch Miss Anning sich rühren oder sprechen konnten, und es war ihnen, als hätte ein Zauberer sie befreit, und der Frühling durchspülte jede Ader mit Lebensströmen, als Mira Cartwright Mr. Serle schelmisch auf die Schulter klopfte und sagte:

»Ich habe Sie in den *Meistersingern* gesehen, und Sie haben mich geschnitten, Sie Schuft! Sie verdienen gar nicht, dass ich je wieder mit Ihnen rede.«

Da konnten sie sich voneinander lösen.

Der Mann, der seine Mitmenschen liebte

Als er am Nachmittag durch Dean's Yard schlenderte, lief Prickett Ellis zufällig Richard Dalloway über den Weg, oder vielmehr führte der unauffällige Seitenblick unter dem Hut über die Schulter, den jeder dem anderen im Vorbeigehen zuwarf, zu plötzlichem Erkennen; sie hatten sich zwanzig Jahre lang nicht mehr gesehen. Sie waren zusammen zur Schule gegangen. Und was machte Ellis so? Rechtsanwalt? Natürlich, natürlich – er hatte den Fall in der Zeitung verfolgt. Aber hier konnte man unmöglich reden. Hatte er keine Lust, heute Abend vorbeizukommen? (Sie wohnten immer noch im gleichen Haus – hier um die Ecke.) Ein oder zwei Leute waren eingeladen. Joynson vielleicht. »Ein mordsmäßig hohes Tier inzwischen«, sagte Richard.

»Gut, dann bis heute Abend«, sagte Richard und ging weiter, »hocherfreut« (das stimmte wirklich), diesen ulkigen Kerl getroffen zu haben, der sich seit ihrer Schulzeit kein bisschen verändert hatte – genau der gleiche knubbelige, untersetzte kleine Junge wie damals, bei dem die Vorurteile aus allen Knopflöchern drangen, aber ungewöhnlich brillant – hatte das *Newcastle-Stipendium* gewonnen. Naja – und weg war er.

Doch als Prickett Ellis sich umwandte und Dalloway hinterherschaute, wünschte er, sie wären sich nicht begegnet, oder zumindest – denn er hatte ihn persönlich immer geschätzt – er hätte nicht versprochen, zu seiner Party zu kommen. Dalloway war verheiratet, gab Gesellschaften, war also überhaupt nicht seine Kragenweite. Er würde sich in Schale werfen müssen. Doch als der Abend kam, fühlte er sich, da er nicht unhöflich sein wollte, durch seine Zusage gezwungen hinzugehen.

Aber was war das für ein grässliches Fest! Joynson war da; sie hatten sich nichts zu sagen. Er war als Junge ein Wichtigtuer gewesen und nun noch aufgeblasener – das war alles; im ganzen Raum war sonst keine Seele, die Prickett kannte. Nicht eine. Da er aber nicht sofort wieder gehen konnte, ohne ein Wort an Dalloway zu richten, der vollkommen in seinen Pflichten aufging und in einer weißen Weste hin und her eilte, blieb ihm nichts anderes übrig, als hier herumzustehen. Es war eine dieser Veranstaltungen, bei denen ihm die Galle hochkam. Zu denken, dass erwachsene Männer und Frauen jeden Abend ihres Lebens auf diese Weise verbrachten! Die Falten auf seinen blauroten frisch rasierten Wangen vertieften sich, während er schweigend an der Wand lehnte, denn obwohl er arbeitete wie ein Pferd, hielt er sich mit Sport fit, und er sah hart und abweisend aus, als wäre sein Schnurrbart in Frost getaucht. Er fühlte sich stachlig, widerborstig. Sein kümmerlicher Abendanzug ließ ihn schäbig, unbedeutend, ungelenk aussehen.

Müßig quasselnd, übertrieben vornehm angezogen, ohne einen Gedanken in ihren Köpfen, redeten und lachten diese feinen Damen und Herren in einem fort, und Prickett Ellis sah ihnen zu und verglich sie mit den Brunners, die, als sie ihren Prozess gegen die Brauerei Fenner gewonnen und zweihundert Pfund Schadensersatz erhalten hatten (das war nicht halb so viel, wie sie hätten bekommen müssen), fünf davon abzweigten und ihm davon eine Uhr kauften. Das war Anstand, so etwas rührte einen, und er starrte finsterer denn je diese Leute an, herausgeputzt, zynisch, wohlhabend, wie sie waren, und verglich, was er jetzt empfand, mit dem, was er um elf Uhr am Morgen empfunden hatte, als der alte Brunner und Mrs. Brunner in ihren besten Kleidern – unglaublich achtbare und sauber aussehende Leute – erschienen waren, um ihm dieses kleine

Zeichen der Dankbarkeit zu überreichen, wie der alte Mann es formulierte, der ihm hochaufgerichtet seinen Respekt ausdrückte dafür, dass Sie mit solchem Geschick unseren Prozess geführt haben, und Mrs. Brunner schaltete sich ein, sie fänden, das verdankten sie alles ihm. Und sie schätzten seine Großzügigkeit sehr hoch – denn natürlich hatte er keine Rechnung gestellt.

Und als er die Uhr entgegennahm und sie auf den Kaminsims stellte, war er froh, dass niemand sein Gesicht sehen konnte. Dafür arbeitete er – das war sein Lohn; und er schaute die Leute an, die er tatsächlich vor Augen hatte, als tanzten sie durch die Szene in seiner Kanzlei und würden dadurch bloßgestellt, und als die Kanzlei mit den Brunners verblasste, blieb von dieser Szene nur er selbst, der sich dieser feindlichen Gesellschaftsschicht entgegenstellte, ein vollkommen einfacher, ungekünstelter Mann, ein Mann aus dem Volk (er richtete sich auf), schlecht gekleidet, mit funkelnden Augen, ohne eine Spur von Eleganz, ein Mann, der seine Gefühle nicht verbergen konnte, ein einfacher Mann, ein gewöhnlicher Mensch im Kampf gegen die Bosheit, die Korruption, die Herzlosigkeit der Gesellschaft. Aber er würde sie nicht weiter anstarren. Er setzte seine Brille auf und betrachtete die Bilder. Er las die Titel auf einer Reihe von Büchern – hauptsächlich Lyrik. Er hätte nicht ungern ein paar seiner alten Lieblinge wieder gelesen – Shakespeare, Dickens – er hätte zu gerne einmal die National Gallery besucht, aber dazu hatte er nicht die Zeit – nein wirklich, das ging nicht, nicht bei dem Zustand, in dem die Welt war, nicht, wenn die Leute den ganzen Tag Hilfe brauchten, geradezu nach Hilfe schrien. Dies war keine Zeit für Luxus. Und er musterte die Lehnsessel und die Papiermesser und die edel gebundenen Bücher und schüttelte den Kopf, denn er wusste, dass er nie die Zeit, nie – es machte ihn froh, das zu denken – das Herz haben würde, sich solchen Luxus zu gönnen. Die Leute hier wären entsetzt, wenn sie wüssten, was er für seinen Tabak ausgab; dass er seinen Anzug geliehen hatte. Seine einzige Extravaganz war seine kleine Jacht auf den Norfolk Broads. Und die gestand er sich zu. Er hatte es gern, einmal im Jahr von allem wegzukommen und in einer Wiese auf dem Rücken zu liegen. Er dachte, wie schockiert sie sein würden – diese feinen Leute –, wenn sie begriffen, welches Glück ihm seine Liebe zur Natur vermittelte, ja, er war altmodisch genug, es Liebe zu nennen; zu Bäumen und Wiesen, die er seit Kindertagen kannte.

Diese feinen Leute wären schockiert. Tatsächlich wurde er, wie er dort stand und seine Brille einsteckte, von Augenblick zu Augenblick schockierender. Und das war ziemlich unangenehm. Er spürte das alles – dass er die Menschen liebte, dass er nur fünf Pence für eine Unze Tabak ausgab und dass er die Natur liebte – nicht selbstverständlich und friedlich, vielmehr hatte jede dieser Freuden sich in einen Protest verwandelt. Er hatte das Gefühl, dass diese Leute, die er verachtete, ihn zwangen, hier zu stehen und sich zu beweisen und zu rechtfertigen. »Ich bin ein einfacher Mann«, sagte er sich immer wieder. Und das Nächste, was er dachte, beschämte ihn wirklich, aber er dachte es trotzdem: »Ich habe an einem einzigen Tag mehr für meine Mitmenschen getan als Ihr alle in Eurem ganzen Leben.« Er konnte nicht widerstehen, sich eine Szene nach der anderen ins Gedächtnis zu rufen, wie die, als die Brunners ihm die Uhr schenkten – er dachte an die freundlichen Dinge, die die Leute über seine Menschlichkeit, seine Großzügigkeit sagten, und wie sehr er ihnen geholfen hatte. Er sah sich immerfort als weisen und toleranten Diener der Menschheit. Am liebsten hätte er die Lobeshymnen auf sich laut wiederholt. Es war unerfreulich, dass das Gefühl seiner Güte nur ihn erfüllte. Es war sogar noch unerfreulicher, dass er niemandem erzählen konnte, was die Leute von ihm hielten. Gott sei Dank, sagte er sich immerzu, bin ich morgen wieder bei der Arbeit. Aber dennoch genügte es ihm inzwischen nicht mehr, durch die Tür zu schlüpfen und nach Hause zu gehen. Er musste bleiben, er musste bleiben, bis er sich gerechtfertigt hatte. Aber wie sollte ihm das gelingen? In diesem Raum voller Menschen kannte er nicht eine Seele, mit der er reden konnte.

Schließlich kam Richard Dalloway auf ihn zu.

»Ich möchte dich Miss O'Keefe vorstellen«, sagte er. Miss O'Keefe blickte ihm direkt in die Augen. Sie war eine ziemlich arrogante, schroffe Frau um die dreißig.

Miss O'Keefe wollte ein Eis oder etwas zu trinken. Und dass sie Pricket Ellis bat, es ihr zu bringen, in einem Ton, der ihm herablassend und unangemessen vorkam, lag daran, dass sie an diesem heißen Nachmittag eine Frau mit zwei Kindern gesehen hatte, sehr arm, sehr müde, die vor dem abgesperrten Gitter einer Grünanlage standen und hineinspähten. Kann man sie nicht hineinlassen?, dachte sie, und eine Welle von Mitleid stieg in ihr auf. Sie kochte vor Empörung. Nein, wies sie sich im nächsten Augenblick zurecht, als gäbe sie sich selbst eine Kopfnuss. Die gesamte Macht der Welt vermag das nicht. Also hob sie den Tennisball auf und warf ihn zurück. Die gesamte Macht der Welt vermag es nicht, dachte sie wütend, und deshalb sagte sie so herrisch zu dem fremden Mann:

»Bringen Sie mir ein Eis.«

Lange bevor sie aufgegessen hatte, erklärte ihr Prickett Ellis, der neben ihr stand, ohne etwas zu sich zu nehmen, dass er seit fünfzehn Jahren auf keiner Party mehr gewesen war, dass sein Schwager ihm den Anzug geliehen hatte, dass er solche Dinge nicht mochte; und es hätte ihn sehr erleichtert, auch noch zu sagen, er sei ein einfacher Mann, der zufällig einfache Menschen schätzte, und dann hätte er ihr (nicht ohne sich anschließend zu schämen) von den Brunners und der Uhr erzählt, aber sie sagte:

»Haben Sie den *Sturm* gesehen?"

Danach (denn er hatte den *Sturm* nicht gesehen), ob er ein bestimmtes Buch gelesen habe? Wieder nein, und dann, den Eisteller abstellend, ob er je Gedichte lese.

Obwohl Prickett Ellis nicht übel Lust hatte, diese junge Frau zu köpfen, sie zum Opfer zu machen, sie zu massakrieren, forderte er sie auf, sich mit ihm auf zwei Stühle im leeren Garten zu setzen, wo sie nicht unterbrochen würden, denn alle anderen Gäste waren oben, und man konnte ein Surren und Summen, ein Schnattern und Klingeln hören, wie die wilde Begleitung eines Geisterorchesters für ein oder zwei Katzen, die durchs Gras schlichen, und für das Wedeln der Blätter und für die gelben und roten fruchtartigen chinesische Lampions, die hin und her schwankten – das Reden wirkte wie eine hektische Totentanzmusik, die zu etwas sehr Realem, Leiderfülltem erklang.

»Wie schön!«, sagte Miss O'Keefe.

Oh, schön war er tatsächlich nach dem Salon, dieser Flecken Gras mit den Türmen von Westminster, die sich schwarz und hoch dahinter erhoben; es war still nach dem Lärm. Immerhin, das hatten sie, die müde Frau und die Kinder.

Prickett Ellis stopfte sich eine Pfeife. Das würde sie schockieren; er füllte die Pfeife mit Shagtabak – die Unze für fünfeinhalb Pence. Er stellte sich vor, wie er in seinem Boot lag und rauchte, er sah geradezu vor sich, wie er rauchend allein in der Nacht unter den Sternen lag. Denn den ganzen Abend dachte er schon darüber nach, wie er auf diese Leute hier wirken würde, sollten sie ihn so sehen. Er sagte zu Miss O'Keefe, während er ein Streichholz an seiner Stiefelsohle anzündete, er könne hier draußen nichts sonderlich Schönes entdecken.

»Vielleicht«, sagte Miss O'Keefe, »haben Sie keinen Sinn für Schönheit.« (Er hatte ihr gesagt, dass er den *Sturm* nicht gesehen und ein gewisses Buch nicht gelesen habe; er sah ungekämmt aus, bestand fast nur aus Schnurrbart,

Kinn und einer silbernen Uhrkette.) Sie war der Meinung, niemand müsse einen Penny dafür ausgeben; die Museen und die National Gallery hatten freien Eintritt, ebenso wie die Landschaft. Natürlich kannte sie die Gegenargumente – Waschen, Kochen, die Kinder; aber im Grunde, was keiner sich zu sagen traute, war Glück spottbillig. Man konnte es umsonst bekommen: Schönheit.

Da legte Prickett Ellis los – gegen diese bleiche, schroffe, arrogante Frau. Er erzählte ihr, seine Pfeife paffend, was er an diesem Tag getan hatte. Um sechs Uhr aufgestanden, Gesprächstermine, der Gestank eines Abflussrohrs in einem schmutzigen Slum, dann das Gericht.

Hier zögerte er, denn er wollte ihr etwas von seinen Leistungen erzählen. Diesen Impuls unterdrückte er, war dafür aber umso sarkastischer. Er sagte, es werde ihm übel, wenn er wohlgenährte, gut gekleidete Frauen (ihre Lippen zuckten, denn sie war dünn und ihr Kleid entsprach nicht ganz dem Anlass) von Schönheit reden höre.

»Schönheit!«, sagte er. Er fürchte, er habe kein Verständnis für Schönheit, von Menschen einmal abgesehen.

So starrten sie wütend in den leeren Garten, wo die Lichter schwankten und in der Mitte eine Katze mit erhobener Pfote verharrte.

Schönheit, von Menschen abgesehen? Was er damit meine, verlangte sie plötzlich zu wissen.

Nun, dies: Er steigerte sich immer weiter in seinen Ärger hinein und erzählte ihr die Geschichte von den Brunners und der Uhr, ohne seinen Stolz darauf zu verbergen. Das sei schön, sagte er.

Ihr fehlten die Worte, um das Entsetzen zu benennen, das seine Geschichte in ihr hervorrief. Zuerst sein Dünkel; dann die Ungehörigkeit, über menschliche Gefühle zu sprechen; das war Blasphemie; niemand auf der ganzen Welt durfte eine Geschichte erzählen, um zu beweisen, dass er seine Mitmenschen liebte. Doch während er erzählte – wie der alte Mann aufgestanden war und seine Ansprache gehalten hatte – traten ihr die Tränen in die Augen; ach, wenn jemals jemand so etwas zu ihr gesagt hätte! Doch dann wiederum dachte sie, gerade dadurch sei die Menschheit für ewig verdammt; nie würde sie über rührende Szenen mit Uhren hinausreichen; über solche Brunners, die Ansprachen an Prickett Ellises hielten; und die Prickett Ellises würden immer sagen, sie hätten ihre Mitmenschen geliebt, sie würden immer faul und peinlich sein und die Schönheit fürchten. Das verursachte die Revolutionen: Faulheit, Angst und diese Liebe für rührende Szenen. Immerhin zog der Mann Genuss aus seinen Brunners, während sie verdammt war, für immer und ewig zu leiden wegen ihrer armen Frauen, die von Grünflächen ausgeschlossen waren. So blieben beide schweigend sitzen. Sie waren sehr unglücklich. Denn Prickett Ellis fühlte sich nicht im Mindesten getröstet durch das, was er gesagt hatte. Statt ihren Stachel herauszuziehen, hatte er ihn tiefer hineingetrieben; sein Glück vom Morgen war ruiniert. Miss O'Keefe war verwirrt und verärgert; sie fühlte sich trübe statt klar.

»Ich fürchte, ich bin einer von diesen ganz einfachen Leuten«, sagte er und stand auf, »die ihre Mitmenschen lieben.«

Worauf Miss O'Keefe fast schrie: »Genau wie ich.«

Sie hassten einander, hassten das ganze Haus voller Leute, die ihnen diesen schmerzlichen, diesen desillusionierenden Abend verschafft hatten, und so standen diese Liebhaber ihrer Mitmenschen auf und trennten sich, ohne ein Wort zu sagen, für immer.

Eine einfache Melodie

Was das Gemälde anging, so war es eine jener Landschaften, von denen Laien annehmen, sie seien in Queen Victorias Kindheit gemalt worden, als bei jungen Damen Hüte in der Form von Kohleeimern in Mode waren. Die Zeit hatte alle Fugen und Unregelmäßigkeiten der Farbe geglättet, und die Leinwand wirkte wie von einer dünnen Schicht überzogen, hier in ganz blassem Blau, dort als tiefbrauner Schatten von lackartiger Glätte. Es war die Darstellung einer Heide, und es war ein sehr schönes Bild.

Mr. Carslake zumindest fand es sehr schön, weil es sein Gemüt ordnete und beruhigte, während er in der Ecke stand, von wo aus er es sehen konnte. Es stutzte seine übrigen Emotionen – und wie zerstreut und durcheinander sie auf einer solchen Party waren! – auf das richtige Maß herunter. Es war, als ließe ein Geiger ganz leise ein altes englisches Lied erklingen, während die Menschen spekulierten und scheiterten und fluchten, Diebereien begingen, Ertrinkende retteten und erstaunliche, aber völlig unnötige Kunststücke machten. Er selber war unfähig, sich in Szene zu setzen. Es gelang ihm höchstens, Dinge zu sagen wie Wembley sei sehr ermüdend und wahrscheinlich ein Misserfolg. Miss Merewether hörte nicht zu, warum sollte sie auch? Sie spielte ihre Rolle, sie machte ein oder zwei recht ungeschickte Saltos, das heißt, sie sprang von Wembley zum Charakter von Queen Mary, den sie für edel hielt. Natürlich dachte sie in Wirklichkeit nichts dergleichen. Mr. Carslake versicherte sich dessen, indem er das Heidebild betrachtete. Alle Menschen waren unter der Oberfläche sehr einfach, fand er. Würde man Queen Mary,

Miss Merewether und ihn selbst spät abends, nach Sonnenuntergang, auf dieser Heide aussetzen, und sie müssten den Weg zurück nach Norwich finden, dann würden sie binnen Kurzem ganz normal miteinander reden. Da hatte er keinen Zweifel.

Was die Natur anging, so liebten wenige Menschen sie mehr als er selbst. Auf dem Spaziergang mit Queen Mary und Miss Merewether würde er oft schweigen, und sie bestimmt auch, sie würden friedlich in Gedanken abdriften, und er schaute wieder das Bild an, schaute in diese glückliche und viel strengere, erhabenere Welt, die gleichzeitig viel einfacher war als die seine.

Gerade als er das dachte, sah er, wie Mabel Waring fortging in ihrem schönen gelben Kleid. Sie sah erregt aus, ihr Gesichtsausdruck wirkte angestrengt, die Augen starr und unglücklich, so sehr sie sich auch bemühte, lebhaft zu erscheinen.

Weshalb war sie unglücklich? Er blickte wieder zum Bild. Die Sonne war untergegangen, aber alle Farben hatten noch Strahlkraft, sie konnte also noch nicht lange untergegangen sein, sondern war gerade eben erst hinter der braunen Erhebung der Heide verschwunden. Das Licht war sehr schmeichelhaft, und er stellte sich vor, Mabel Waring wanderte mit ihm und der Queen und Miss Merewether zurück nach Norwich. Sie würden über den Weg reden, wie weit er war, und ob ihnen diese Art Landschaft gefiel, und auch, ob sie Hunger hätten, und was sie zu Abend essen würden. Das war ein normales Gespräch. Sogar Stuart Elton – Mr. Carslake sah ihn alleine stehen, einen Brieföffner in der Hand, den er auf merkwürdige Weise betrachtete – sogar Stuart würde, wenn er auf der Heide wäre, den Brieföffner einfach fallen lassen, einfach wegwerfen. Denn unter der Oberfläche, auch wenn Menschen, die ihn nur im Vorbeigehen sahen, das nie glauben würden, war Stuart das sanfteste, einfachste aller Wesen, zufrieden damit, den ganzen Tag mit komplett durchschnittlichen Leuten wie ihm selbst herumzuwandern, und dieses sonderbare Gehabe – es sah affektiert aus, mitten in einem Salon mit einem Schildpatt-Brieföffner in der Hand dazustehen – war nur eine Pose. Wenn sie endlich auf der Heide waren und sich auf den Weg nach Norwich machten, dann würden sie sagen: Ich finde, Gummisohlen sind ein enormer Fortschritt. Aber geht es sich denn damit nicht schwer? Ja – nein. Hier auf dem Gras sind sie perfekt. Aber auf Pflaster? Und dann Socken und Sockenhalter; Herrenkleidung, Damenkleidung. Tja, höchstwahrscheinlich würden sie eine ganze Stunde lang über ihre Angewohnheiten sprechen, und das alles ganz frei und ungezwungen, und wenn zum Beispiel er oder Mabel Waring oder dieser wütend blickende Typ mit dem Zahnbürsten-Schnurrbart, der anscheinend niemanden kannte, Einstein erklären oder etwas verlautbaren wollte – vielleicht etwas ganz Privates – (das hatte er schon erlebt) –, dann würde das durchaus natürlich wirken.

Es war ein sehr schönes Gemälde. Wie alle Landschaften machte es einen traurig, weil die Heide alle Menschen so lange überdauern würde. Aber die Traurigkeit war so erhaben – George Carslake wandte sich von Miss Merewether ab und noch einmal dem Bild zu – sie resultierte zweifellos aus dem Gedanken, dass die Heide friedlich und schön war, und dass sie überdauerte. Aber ich kann es mir nicht erklären, dachte er. Er machte sich überhaupt nichts aus Kirchen; wenn er jetzt aussprach, was ihm durch den Kopf ging, dass die Heide überdauerte, während sie alle vergingen, und dass das seine Richtigkeit und nichts Trauriges an sich hatte, dann würde er laut lachen. Er würde sein sentimentales Gewäsch augenblicklich als Unsinn abtun, denn ausgesprochen wäre es Unsinn: aber nicht in Gedanken. Nein, er würde nicht von seiner Überzeugung abrücken, dass man seine Zeit nicht besser verbringen konnte als mit einem Abendspaziergang über die Heide.

Man stieß natürlich auch auf Landstreicher und sonderbare Gestalten. Jetzt kam man an einer kleinen, verlassenen Farm vorbei, dann an einem Mann auf einem Karren, manchmal – aber das war vielleicht ein wenig zu romantisch – einem Reiter zu Pferd. Höchstwahrscheinlich fanden sich Schäfer; eine Windmühle; oder, in Ermangelung von beidem, irgendein Gesträuch vor dem Himmel oder eine Wagenspur, die es vermochte – wieder schrak er vor der Albernheit der Worte zurück – ›Unterschiede zu versöhnen – einem den Glauben an Gott wiederzugeben‹. Letzteres versetzte ihm fast einen Stich! Tatsächlich an Gott glauben! Wo jede Vernunft sich gegen die verrückte und feige Torheit einer solchen Redensart wehrte! Es kam ihm vor, als habe man ihm diese Worte arglistig untergeschoben. »An Gott glauben.« Woran er glaubte, das waren einfache Gespräche mit Menschen wie Mabel Waring, Stuart Elton oder sogar der Königin von England – auf einer Heide. Zumindest hatte es ihn sehr getröstet, dass sie so viel gemeinsam hatten: Stiefel, Hunger, Müdigkeit. Aber dann konnte er sich auch vorstellen, dass zum Beispiel Stuart Elton stehenblieb oder verstummte. Wenn man ihn dann fragte: Woran denkst du?, sagte er vielleicht: »Ach, nichts«, oder erzählte etwas Unwahres. Vielleicht war er nicht in der Lage, die Wahrheit zu sagen.

Mr. Carslake schaute wieder das Bild an. Ihn beunruhigte das Gefühl von etwas Fernem. Die Menschen dachten durchaus über Dinge nach, sie malten sogar Dinge. Eigentlich heben solche Ausflüge auf der Heide die Unterschiede nicht auf, dachte er; aber er hielt daran fest – davon war er wirklich überzeugt –, dass die einzigen bleibenden Unterschiede (dort draußen mit der Linie aus Heidekraut in der Ferne und ohne ein Haus, das die Sicht behinderte) fundamentale Unterschiede waren – wie das, was der Mann dachte, der das Bild gemalt hatte, oder worüber Stuart Elton nachdachte – worüber eigentlich? Wahrscheinlich irgendeine Glaubenssache.

Jedenfalls gingen sie weiter, denn der Hauptsinn des Wanderns ist, dass niemand sonderlich lange stehenbleibt; man muss sich aufraffen, und auf einer langen Wanderung liefert die Müdigkeit und der Wunsch, die Müdigkeit zu beenden, den stoischsten Menschen, oder jenen, die von der Liebe und ihren Qualen abgelenkt sind, einen überwältigenden Grund, sich auf den Heimweg zu machen.

Leider klang jeder Satz, den er bildete, in seinen Ohren wie pseudo-religiöses Geleier. »Heimgehen« – das hatten sich die Religiösen unter den Nagel gerissen. Es bedeutete: in den Himmel kommen. Seine Gedanken konnten keine unverbrauchten, neuen Worte finden, die nicht schon durch die Benutzung anderer zerknüllt und zerknittert und ihrer gestärkten Glätte beraubt worden waren.

Nur wenn er wanderte, mit Mabel Waring, Stuart Elton, der Königin von England und diesem zornigen, blitzäugigen, kompromisslosen Mann da drüben, hörte dieser alte, melodische Singsang auf. Vielleicht wurde man durch die frische Luft ein wenig verwildert. Durst machte einen zum Tier, auch eine Blase an der Ferse. Wenn er wanderte, hatten die Dinge eine gewisse Härte und Frische: Keine Verwirrung, kein Wankelmut; mindestens die Grenze zwischen Bekanntem und Unbekanntem war so eindeutig wie das Ufer eines Teichs – hier trockenes Land, dort Wasser. Da traf ihn ein komischer Gedanke: die Wasser wirken für die Menschen auf der Erde anziehend. Dass Stuart Elton seinen Brieföffner aufhob oder Mabel Waring aussah, als wollte sie in Tränen ausbrechen, und dieser Mann mit dem Zahnbürsten-Schnurrbart wütend in die Gegend starrte, lag daran, dass sie alle zum Wasser wollten. Aber was war das Wasser? Verständnis vielleicht. Es musste jemanden mit solchen Wunderkräften geben, derartig mit allen Anteilen der menschlichen Natur ausgestattet, dass Schweigen und

Unglücklichsein – beides aus der Unfähigkeit resultierend, sein Gemüt dem anderer Leute anzupassen – in der angemessenen Weise verstanden wurden. Stuart Elton sprang hinein – Mabel tauchte ein. Manche gingen unter und waren es zufrieden, andere kamen nach Luft schnappend wieder hoch. Es erleichterte ihn, sich den Tod als einen Sprung in einen Teich vorzustellen, denn es erschreckte ihn, dass seine Gedanken, wenn er nicht achtgab, in die Wolken und den Himmel aufstiegen, um dort die alte, anheimelnde Figur mit den alten fließenden Gewändern, den milden Augen und dem wolkenartigen Umhang zu installieren.

Andererseits waren in dem Teich Molche und Fische und Schlamm. Das Entscheidende an dem Teich war, dass man ihn für sich selbst erschaffen musste: neu, brandneu. Man wollte einfach nicht mehr in den Himmel entrückt werden, um dort zu singen und den Toten zu begegnen. Man wollte etwas im Hier und Jetzt. Verständnis bedeutete einen Zugewinn an Leben; das Vermögen, zu sagen, was man nicht sagen konnte, solche vergeblichen Versuche wie die von Mabel Waring – er kannte ihre Art, plötzlich etwas zu tun, das überhaupt nicht zu ihr passte, etwas Überraschendes und Verwegenes – gelingen zu lassen, anstatt zu scheitern und sie tiefer in den Trübsinn zu stürzen.

Der alte Geiger spielte also sein Lied, während George Carslake vom Bild zu den Leuten und wieder zurück schaute. Sein rundes Gesicht, sein eher vierschrötiger Körper drückten eine philosophische Ruhe aus, so dass er selbst unter all den Menschen distanziert, ruhig und gelassen wirkte, dabei aber keineswegs träge, sondern wachsam. Er hatte sich hingesetzt, und Miss Merewether, die sich unschwer hätte absentieren können, setzte sich neben ihn. Die Leute sagten, er halte brillante Tischreden. Sie sagten, er habe nie geheiratet, weil seine Mutter ihn brauchte. Niemand hielt ihn deswegen jedoch für heroisch – es war nichts Tragisches an ihm. Er war Anwalt. Hobbys, besondere Talente über seinen tüchtigen Verstand hinaus hatte er nicht – außer, dass er wanderte. Die Leute tolerierten ihn, mochten ihn, spotteten ein wenig über ihn, denn er hatte nichts Greifbares geleistet, und er hatte einen Butler, der für ihn wie ein älterer Bruder war.

Aber Mr. Carslake beschäftigte das nicht sonderlich. Die Menschen waren unkompliziert, Männer wie Frauen; es war ausgesprochen schade, mit irgendjemandem zu streiten, und in der Tat stritt er sich nie. Das bedeutete nicht, dass seine Gefühle nicht manchmal, ganz unerwartet, verletzt gewesen wären. Er lebte in der Nähe von Gloucester und reagierte verblüffend empfindlich, wenn es um die Kathedrale ging; er schlug sich für sie in die Bresche, er hasste es, wenn sie kritisiert wurde – als wäre die Kathedrale eine Blutsverwandte. Aber über seinen eigenen Bruder konnte jeder sagen, was er wollte. Auch darüber, dass er wandern ging, durfte man gerne lachen. Seine Persönlichkeit war rundherum glatt, aber nicht weich, und manchmal fuhren kleine Stacheln aus – wegen der Kathedrale oder irgendeiner schreienden Ungerechtigkeit.

Die einfache Melodie, die der alte Geiger fiedelte, hatte eine Bedeutung: Wir sind nicht hier, sondern auf einer Heide und wandern zurück nach Norwich. Die scharfzüngige, überhebliche Miss Merewether, die die Queen als ›edel‹ bezeichnet hatte, war unter der Bedingung auf die Party gekommen, dass sie keinen albernen Unsinn mehr reden würde, den sie selbst nicht glaubte. »Crome-Schule?«, fragte sie und betrachtete das Bild.

Sehr schön. Nachdem das geklärt war, gingen sie weiter; es mochten noch sechs oder sieben Meilen sein. Das passierte George Carslake oft, es war nichts Merkwürdiges daran, dass er das Gefühl hatte, gleichzeitig an zwei Orten zu sein, mit einem Körper hier in einem Londoner Salon, aber so zweigeteilt, dass der Frieden auf dem Land, seine kompromisslose Leere und Härte, diesen Körper beeinflusste. Er streckte die Beine aus. Er fühlte die Brise auf seiner Wange. Vor allem spürte er: An der Oberfläche sind wir alle sehr unterschiedlich, aber jetzt sind wir vereint; wir mögen in die Irre gehen, wir mögen das Wasser suchen, aber es besteht kein Zweifel, dass wir alle kühl und freundlich sind und uns wohl in unserer Haut fühlen.

Reiß dir alle Kleider vom Leib, meine Liebe, dachte er, als er Mabel Waring ansah. Mach ein Bündel daraus. Dann dachte er, mach dir keine Sorgen über deine Seele, mein lieber Stuart, weil sie so extrem anders ist als die anderer Menschen. Der wütend starrende Mann erschien ihm zutiefst verwunderlich.

Es war unmöglich, das in Worte zu fassen, und es war auch unnötig. Unter dem Zappeln und Zucken dieser kleinen Wesen lag immer ein tiefer Wasserspeicher, und die einfache Melodie machte damit in aller Heimlichkeit etwas Komisches – sie kräuselte es, verflüssigte es, ließ es aufschrecken und sich drehen und zittern in den Tiefen des eigenen Wesens, so dass die ganze Zeit Gedanken aus diesem Wasserbecken aufstiegen und einem ins Gehirn sprudelten. Gedanken, die zur Hälfte Gefühle waren. Solch eine emotionale Qualität hatten sie. Es war unmöglich, sie zu analysieren – zu sagen, ob sie insgesamt glücklich oder unglücklich, lustig oder traurig waren.

Er sehnte sich nach der Gewissheit, dass alle Leute gleich waren. Ihm schien, wenn er das beweisen könnte, hätte er ein großes Problem gelöst. Aber stimmte es auch? Er schaute unverwandt das Bild an. Verlangte er nicht den Menschen, die von Natur aus gegensätzlich, unterschiedlich, zerstritten sind, etwas möglicherweise mit ihnen Unvereinbares ab – eine Einfachheit, die sich nicht mit ihrer Natur vertrug? Die Kunst hat sie, ein Bild hat sie, aber die Menschen fühlen sie nicht. Wenn man zusammen auf der Heide wandert, dann bewirkt dieser Geisteszustand eine Empfindung von

Ähnlichkeit. Andererseits schafft gesellschaftliche Konversation, bei der jeder im besten Licht erscheinen und seine eigene Ansicht durchsetzen will, Unähnlichkeit, und was ist nun tiefgreifender?

Er versuchte dieses sein Lieblingsthema zu analysieren – Wandern, verschiedene Menschen, die nach Norwich wandern. Sofort fielen ihm die Lerche, der Himmel, die Aussicht ein. Die Gedanken und Gefühle des Wanderers bestanden großenteils aus solchen äußeren Einflüssen. Wandergedanken bestanden halb aus Himmel; könnte man sie einer chemischen Analyse unterziehen, würde man feststellen, dass sie einige Pigmentkörner enthielten und dass einige Gallonen oder Pints oder Quarts Luft an ihnen hingen. Das machte sie gleich luftiger, unpersönlicher. Aber hier in diesem Raum drängelten sich die Gedanken wie Fische im Netz, sie kämpften und kratzten sich gegenseitig die Schuppen ab im Bemühen zu entkommen – denn alles Denken war die Bemühung, den Gedanken aus dem Kopf des Denkenden so vollständig wie möglich an allen Hindernissen vorbei entkommen zu lassen; die ganze Gesellschaft ist ein Versuch, jeden Gedanken bei seinem Auftauchen zu ergreifen und zu beeinflussen und zu nötigen und ihn zu zwingen, einem anderen nachzugeben.

Damit sah er im Augenblick alle beschäftigt. Aber strenggenommen war es kein Denken; es war das Sein, das Ich, das hier im Konflikt mit anderen Wesen und Ichs stand. Hier gab es keine unpersönliche Farbmischung; hier verstärkten Wände, Lampen, die Häuser draußen, alle das Menschsein, denn sie waren selber Ausdruck des Menschseins. Die Menschen drängten sich gegeneinander, rieben sich gegenseitig den Glanz ab, oder, denn es wirkte in beiden Richtungen, sie regten sich an und riefen eine erstaunliche Belebung hervor und brachten sich gegenseitig zum Leuchten.

Ob nun Vergnügen oder Schmerz überwog, konnte er nicht sagen. Auf der Heide bestünde da kein Zweifel.

Während sie wanderten – Merewether, die Queen, Elton, Mabel Waring und er selbst – spielte der Geiger; weit davon entfernt, sich gegenseitig die Schuppen abzureiben, schwammen sie Seite an Seite in größter Zufriedenheit.

Es war ein schönes Bild, ein sehr schönes Bild.

Immer stärker empfand er den Wunsch, dort zu sein, auf der Heide von Norfolk.

Dann erzählte er Miss Merewether eine Geschichte über seinen kleinen Neffen in Wembley, und währenddessen spürte sie, was auch seine Freunde immer spürten, dass George Carslake zwar einer der nettesten Menschen war, die sie je kennengelernt hatte, aber unergründlich, ein komischer Kauz. Man konnte nicht sagen, worum es ihm ging. Empfand er für irgendjemanden Zuneigung?, fragte sie sich. Sie lächelte, als ihr der Butler einfiel. Und dann brach er auf, mehr hatte er nicht zu sagen – am nächsten Tag ging es zurück nach Dittering.

Ein Resümee

Da es im Haus heiß und voll und an einem Abend wie diesem keine feuchte Kälte zu befürchten war, und da die chinesischen Lampions wie rote und grüne Früchte in den Tiefen eines Zauberwaldes leuchteten, führte Mr. Bertram Pritchard Mrs. Latham in den Garten.

Die frische Luft und das Gefühl, draußen zu sein, verwirrte Sasha Latham, die hochgewachsene, schöne, etwas teilnahmslos wirkende Dame, die so majestätisch auftrat, dass niemand sich hätte vorstellen können, wie vollkommen unzulänglich und linkisch sie sich fühlte, wenn sie auf einer Party etwas sagen sollte. Aber so war es, und sie war froh, Bertram an ihrer Seite zu haben, bei dem man sicher sein konnte, dass er sogar an der frischen Luft unausgesetzt sprechen würde. Eine schriftliche Wiedergabe seines Geredes hätte niemand für glaubhaft gehalten, denn nicht nur war alles, was er sagte, völlig belanglos, es hatte auch keinerlei Zusammenhang. Hätte man wirklich einen Bleistift genommen und wortwörtlich alles mitgeschrieben – und ein Abend seines Geredes hätte ein ganzes Buch gefüllt –, dann hätte keiner beim Lesen daran gezweifelt, dass der arme Mann geistig minderbemittelt sein musste. Das war jedoch keineswegs der Fall, denn Mr. Pritchard war ein hoch angesehener Staatsbeamter und Träger des Bathordens, aber noch seltsamer war, dass nahezu alle Leute ihn sympathisch fanden. Etwas an seiner Stimme, ein Klang, ein Tonfall oder Nachdruck, ein gewisser Glanz in seinen unverbundenen Gedanken, die Ausstrahlung seines runden, pausbäckigen, braunen Gesichts und seiner rotkehlchenartigen Gestalt, etwas Immaterielles, Ungreifbares, das unabhängig von seinen Worten erstand und gedieh und sich manchmal sogar im Gegensatz zu ihnen ausdrückte. So dachte Sasha Latham, während er immer weiterquasselte über seinen Ausflug nach Devonshire, über Gasthäuser und Wirtinnen, über Eddie und Freddie, über Kühe und Nachtfahrten, über Sahne und Sterne, über Eisenbahnen auf dem Kontinent und über Bradshaw, das Fangen von Kabeljau, das Einfangen einer Erkältung, Grippe, Rheumatismus und über Keats – sie dachte ganz abstrakt an ihn als eine Person, deren Existenz etwas Gutes war, und erschuf ihn, während er redete, in einer Gestalt, die sich abhob von dem, was er sagte, und die ganz gewiss dem wirklichen Bertram Pritchard viel näher kam, auch wenn sich das nicht beweisen ließ. Wie sollte man beweisen, dass er ein treuer Freund und sehr mitfühlend war und … Aber wie so oft, wenn sie mit Bertram Pritchard sprach, vergaß sie seine Gegenwart und begann, an etwas anderes zu denken.

An die Nacht dachte sie, sie legte die Arme um sich und blickte zum Himmel auf. Plötzlich roch es nach Land, nach der feierlichen Ruhe von Wiesen unter Sternen, aber sie, die auf dem Land geboren und aufgewachsen war, entzückte die Schönheit hier in Mrs. Dalloways Garten in Westminster vermutlich gerade wegen des Kontrasts; hier der Duft nach Heu in der Luft und dort hinter ihr das Haus voller Menschen. Sie spazierte mit Bertram, sie ging fast wie eine Hirschkuh mit einem kleinen Federn in den Knöcheln, sich fächelnd, majestätisch, schweigend, mit hellwachen Sinnen, die Ohren gespitzt, die Luft schnuppernd, als wäre sie ein wildes, aber vollkommen beherrschtes Tier, das sich in der Nacht ergeht.

Dies, dachte sie, ist das größte aller Wunder, die überragende Leistung des Menschengeschlechts. Wo ehedem Weidenpflanzungen waren und Korakel durch den Sumpf paddelten, steht nun das; und sie dachte an das trockene, fest gebaute Haus, angefüllt mit wertvollen Gegenständen, summend von Leuten, die sich näherkamen und wieder voneinander entfernten, ihre Ansichten austauschten und sich gegenseitig anregten. Und Clarissa Dalloway hatte in der Einöde der Nacht die Türen aufgestoßen und Pflastersteine über den Morast gelegt; und als sie ans Ende des Gartens kamen (er war eigentlich winzig klein) und sie und Bertram sich auf Liegestühlen niederließen, betrachtete sie ehrfürchtig begeistert das Haus, als würde sie von einem goldenen Strahl durchdrungen, auf dem sich Tränen sammelten und in tiefer Dankbarkeit herabfielen. Zwar war sie schüchtern, von Grund auf bescheiden und, wenn sie plötzlich jemandem vorgestellt wurde, nahezu unfähig, etwas zu sagen, doch sie hegte tiefe Bewunderung für andere Menschen. Es wäre herrlich, sich in einen von ihnen zu verwandeln, aber Sasha war dazu verdammt, sie selbst zu sein, und konnte nur draußen im Garten sitzend still und begeistert der menschlichen Gesellschaft applaudieren, von der sie ausgeschlossen war. Gedichtfetzen zu deren Lobpreis kamen ihr auf die Lippen; alle waren sie anbetungswürdig und gut, vor allem aber mutig, die Bezwinger der Nacht und der Sümpfe, die Überlebenden, die Schar der Abenteurer, die trotz lauernder Gefahren weitersegeln.

Irgendeine Tücke des Schicksals hinderte sie, sich ihnen anzuschließen, aber sie konnte immerhin dasitzen und sie rühmen, während Bertram weiterquasselte; er gehörte zur Gruppe der Reisenden als Schiffsjunge oder gewöhnlicher Matrose – jemand, der fröhlich pfeifend die Masten hinaufkletterte. Durch diese Gedanken wurde der Ast eines Baumes vor ihr mit ihrer Bewunderung für die Menschen im Haus durchtränkt und erfüllt, er ließ goldene Tropfen fallen oder stand aufrecht wie eine Schildwache. Er gehörte zu der tapferen und zechenden Gesellschaft – ein Mast, von dem die Fahne wehte. Eine Art Fass stand an der Mauer, und auch das schloss sie in ihre Bewunderung ein.

Plötzlich wollte Bertram, der körperlich ruhelos war, das Gelände erkunden, er sprang auf einen Stapel aus Ziegelsteinen und lugte über die Gartenmauer. Auch Sasha lugte hinüber. Sie sah einen Eimer, vielleicht war es aber auch ein Stiefel. Binnen einer Sekunde verschwand ihre Illusion. Da war wieder London, die riesige, unachtsame, unpersönliche Welt mit ihren Omnibussen, Geschäftsangelegenheiten, beleuchteten Kneipen und gähnenden Polizisten.

Nachdem er seine Neugier befriedigt und durch einen Moment des Schweigens den sprudelnden Quell seiner Rede wieder aufgefüllt hatte, lud Bertram Mr. und Mrs. Soundso ein, sich zu ihnen zu setzen, und er zog zwei weitere Stühle heran. Dann saßen sie wieder da, sahen auf dasselbe Haus, denselben Baum, dasselbe Fass, nur dass Sasha, nachdem sie einen Blick über die Mauer auf den Eimer, oder vielmehr auf London geworfen hatte, das unbeirrt seiner Wege ging, nicht länger ihre Goldwolke über die Welt sprühen konnte. Bertram redete, und die Soundsos – sie konnte sich beim besten Willen nicht erinnern, ob sie Wallace oder Freeman hießen – antworteten, und all ihre Worte drangen durch einen dünnen Goldnebel und fielen ins nüchterne Tageslicht. Sie betrachtete das trockene, massive Queen-Anne-Haus, sie bemühte sich nach Kräften, sich zu erinnern, was sie in der Schule über Thorney Island und Männer in Korakeln, über Austern, Wildenten und Dunstschleier gelesen hatte, aber es erschien ihr eine logische Angelegenheit von Entwässerungskanälen und Zimmerleuten, und diese Party – nichts weiter als Leute in Abendgarderobe.

Dann fragte sie sich, welche Sichtweise die richtige war. Sie konnte den Eimer und das Haus halb erleuchtet, halb unbeleuchtet sehen.

Diese Frage stellte sie dem Jemand, den sie sich in ihrer Demut aus der Klugheit und Stärke anderer Leute zusammengesetzt hatte. Die Antwort kam oft durch Zufall – sie hatte schon erlebt, wie ihr alter Spaniel ihr mit einem Schwanzwedeln geantwortet hatte.

Jetzt schien ihr der Baum, seiner Vergoldung und Majestät entkleidet, eine Antwort zu geben, er wurde ein Baum in der Landschaft – der einzige in einem Sumpfgebiet. Sie hatte ihn oft gesehen, hatte durch seine Äste die rot geränderten Wolken gesehen oder den zerschnittenen Mond, der unregelmäßige Silberblitze warf. Aber was für eine Antwort? Nun, dass die Seele – denn sie spürte in ihrer Brust die Bewegung eines Wesens, das in ihr herumflatterte und zu entkommen versuchte und das sie für den Augenblick als Seele bezeichnete – ihrer Natur nach ungepaart ist, ein Witwenvogel, ein Vogel, der abseits auf dem Baum sitzt.

Doch dann hakte Bertram sie in seiner vertraulichen Art unter, denn er kannte sie schon ihr ganzes Leben lang, und meinte, sie kämen ihren Pflichten nicht nach und müssten jetzt hineingehen.

In diesem Moment ertönte in irgendeiner Gasse oder einer Kneipe die übliche schreckliche, geschlechtslose, unartikulierte Stimme, ein Kreischen, ein Schrei. Und der aufgescheuchte Witwenvogel flog davon, beschrieb immer weitere Kreise, bis er (den sie als ihre Seele bezeichnete) so fern war wie eine Krähe, die durch einen Steinwurf aufgeschreckt worden ist.

Es stellte sich heraus, dass Bertram während des Gesprächs, dem Sasha kaum zugehört hatte, zu dem Schluss gekommen war, dass er Mr. Wallace mochte, seine Frau – die »zweifelsohne sehr gescheit« war – aber nicht.

Nachwort

»Diese kleinen Stücke habe ich alle zu meiner Ablenkung geschrieben; sie waren die Extravergnügungen, die ich mir gegönnt habe, wenn ich meine Pflichtübungen im konventionellen Stil hinter mich gebracht hatte. Ich werde nie den Tag vergessen, als ich *Das Mal an der Wand* schrieb – alles in einem Rutsch, wie im Flug, nachdem ich mich monatelang mit Steineklopfen abgemüht hatte.« In einem weiteren Brief an die befreundete englische Komponistin Ethel Smyth aus dem gleichen Jahr 1930 ergänzt Virginia Woolf: »Das Rhythmische ist mir natürlicher als das Erzählerische, aber es steht in vollkommenem Gegensatz zur traditionellen Erzählliteratur.« Und in dem Essay *The Crowded Dance of Modern Life* heißt es: »Wir brauchen nicht nur eine neue Sprache – primitiver, sinnlicher, obszöner –, sondern eine neue Rangfolge der Leidenschaften (*hierarchy of passions*).«

Man wird das Epochemachende und vielleicht auch bis heute Verstörende von Woolfs Literatur nicht recht verstehen, wenn man in ihr nicht diesen Impuls erkennt, mit der Konvention und Tradition der überkommenen Erzählsprache zu brechen und sich radikal von eingeschliffenen literarischen Wahrnehmungs- und Erfahrungsmustern abzuwenden. Nicht zuletzt angeregt von James Joyces Roman *Ulysses*, der in Auszügen ab 1919 in der amerikanischen Zeitschrift *Little Review* erschien, und später auch von Prousts *Recherche*, experimentierte sie in ihren kürzeren Erzählungen mit neuen Formen und Inhalten, die das alte Gerüst des Erzählens weniger zerstören, als vielmehr ersetzen. Vor allem entwickelte sie eine eigene Technik des Bewusstseinsstroms, der immer mehr zur Grundstruktur ihrer Prosa wurde, so dass die Handlung hinter Assoziationen, Wahrnehmungen und Empfindungen zurücktritt. Dieser *stream of consciousness* gleicht einer raschen Folge von Gedanken und sprunghaften Einfällen, bei denen es, ähnlich wie bei der Ideenflucht, keinen unmittelbar einsichtigen Zusammenhang gibt. Klang- oder Farbassoziationen, Erinnerungsfetzen oder unkoordinierte Eindrücke, die oft von einem äußeren Anlass ausgelöst werden und neben der Rezeption der Realität eine zweite Ebene bilden, bestimmen den Gedankenverlauf.

Woolf beschreibt ihre Auffassung der Bewusstseinsvorgänge wie folgt: »Betrachten wir einen Augenblick lang ein gewöhnliches Gemüt an einem gewöhnlichen Tag. Es empfängt eine Myriade von Eindrücken – triviale, phantastische, flüchtige, oder solche, die sich stahlscharf einprägen. Von allen Seiten kommen sie heran, ein unablässiger Schauer zahlloser Atome … Lasst uns die Atome registrieren, wie und in welcher Reihenfolge sie auf unser Gemüt eindringen, lasst uns jener Verbindung von Eindrücken nachspüren, so unzusammenhängend und sinnlos sie auch sein mögen, die jeder Anblick oder Zwischenfall im Bewusstsein formt.« Und daraus resultiert schließlich eine schockartige Sichtweise des Lebens selbst: »Wenn man ein Bild für das Leben finden will, dann muss man es damit vergleichen, dass man mit fünfzig Meilen pro Stunde durch den U-Bahn-Tunnel geblasen wird – und am anderen Ende ohne eine einzige Haarnadel in der Frisur ankommt! Völlig nackt zu Gottes Füßen herausgeschossen! Kopfüber in die Asphodelienwiesen gepurzelt wie eines der in braunes Papier eingewickelten Päckchen, die im Postamt eine Rutsche hinuntergeworfen werden! Das Haar fliegt wie der Schwanz eines Rennpferds. Ja, so könnte man die Schnelligkeit des Lebens ausdrücken, das ständige Hin und Her von Verfall und Wiederherstellung; alles so zufällig, alles so planlos …«

Virginia Woolf wurde 1882 als Tochter des einflussreichen Kritikers und Herausgebers Leslie Stevens in London geboren. Sie war von vier Kindern das zweitjüngste (aus der früheren Ehe der Mutter gab es außerdem noch drei Halbgeschwister). In ihrem Elternhaus ging ein Teil der Elite der englischen Literatur und Politik ein und aus. Gemäß den Usancen der Zeit und im Gegensatz zu ihren beiden Brüdern war Virginia wie ihrer zwei Jahre älteren Schwester Vanessa, die später als postimpressionistische Malerin reüssierte, sowohl der Schulbesuch als auch ein Studium verwehrt – die Schwestern sollten sich auf eine Zukunft als Ehefrauen und Damen der Gesellschaft vorbereiten mit den dazugehörigen Fähigkeiten zur Leitung eines Haushalts und der formvollendeten Konversation. Zugleich hatte Virginia freien Zugang zur umfassenden Bibliothek ihres Vaters, der eines Tages beunruhigt ausrief: »Mein Gott, Kind, was du alles verschlingst!« So eignete sie sich in jungen Jahren eine profunde Kenntnis der Weltliteratur an.

Nach dem Tod des Vaters 1904 – neun Jahre zuvor war die Mutter gestorben – fand das spätviktorianische und durchaus auch beklemmende Familienidyll für die jungen Leute ein Ende. Sie lösten den Haushalt ihrer Eltern auf und zogen an eine eher bescheidene Adresse im Londoner Stadtteil Bloomsbury. Dort nun kam mit der Zeit eine Gruppe brillanter junger Intellektueller zusammen, die sich darin einig waren, dass die Kultur und die Gesellschaft dringend einer radikalen Erneuerung bedurften. Literatur und Kunst, ja das Leben selbst mussten atemlos neu ansetzen, wenn sie nicht in den autoritären und überlebten Strukturen der englischen Klassengesellschaft ersticken wollten. Je nach Zählung gehörten dreizehn bis zwanzig Personen zu dem lockeren Freundschaftsverbund der *Bloomsbury Group*: John Maynard Keynes, Roger Fry, Lytton Strachey, Vanessa und Clive Bell, Lady Ottoline Morell, Edward Morgan Forster,

Thomas Stearns Eliot und weitere kritische Nonkonformisten, die das auf seinen imperialistischen Besitztümern hockende und behäbig gewordene englische Geistesleben durcheinanderwirbeln wollten.

In diesem hoch ambitionierten Kreis lernte Virginia Leonard Woolf kennen, einen Schulfreund ihres Bruders Toby, der aus dem Kolonialdienst in Ceylon zurückgekehrt war und mit dem Roman *Ein Dorf im Dschungel* auf sich aufmerksam machte. Sie heirateten 1912, und zusammen gründeten sie den Verlag *Hogarth Press*, in dem das Werk von Sigmund Freud und ein Großteil der Romane von Virginia Woolf erschienen.

Reisen in Europa, anregende Gesellschaften zu Hause und vor allem ihre verlegerische und literarische Arbeit bestimmten das Leben der Woolfs. Doch litt Virginia, die gesundheitlich nicht sehr stabil war und zur Magersucht neigte, seit dem Tod ihrer Mutter an Nervenzusammenbrüchen und regelrechten schizophrenen Schüben, so dass sie immer wieder Kliniken aufsuchen musste. Oft befielen sie solche »Anfälle« bei der Fertigstellung eines neuen Romanmanuskripts. Sie hatte eine übergroße Furcht davor, in der Öffentlichkeit zu scheitern und der Lächerlichkeit preisgegeben zu werden.

Im August 1940 begann die deutsche Luftwaffe London zu bombardieren. Die Verlagsräume in London wurden in Schutt und Asche gelegt. Das Paar zog sich mitsamt dem noch zu rettenden Verlagsarchiv aufs Land zurück – in das bescheidene und schwer zu heizende Monk's House in Rodmell, East Sussex.

Virginia vollendete noch ihren letzten Roman *Between the Acts*, bevor sie erneut von einer tiefen seelischen Krise heimgesucht wurde. Leonard fand am 28. März 1941 folgenden Brief auf dem Kaminsims:

Liebster,
ich fühle deutlich, dass ich wieder verrückt werde. Ich glaube, wir ertragen eine so schreckliche Zeit nicht noch einmal. Und diesmal werde ich nicht wieder gesund werden. Ich höre Stimmen und ich kann mich nicht konzentrieren. Also tue ich das, was ich für das Beste halte. Du hast mir das größtmögliche Glück geschenkt. Du bist mir alles gewesen, was jemand für einen Menschen sein kann. Ich glaube nicht, dass zwei Menschen glücklicher hätten sein können, bis diese schreckliche Krankheit kam. Ich kann nicht mehr kämpfen. Ich weiß, dass ich Dein Leben ruiniere, dass Du ohne mich arbeiten könntest. Und das wirst du auch, ich weiß es. Du siehst, nicht einmal das hier kann ich ordentlich schreiben. Ich kann nicht lesen. Was ich sagen möchte, ist, dass ich alles Glück in meinem Leben Dir verdanke. Du bist geduldig mit mir gewesen und unglaublich gut. Das möchte ich sagen – jeder weiß es. Wenn jemand mich hätte retten können, wärest Du es gewesen. Alles andere hat mich verlassen, außer dem sicheren Wissen um Deine Güte. Ich kann Dein Leben nicht länger ruinieren.

Ich glaube nicht, dass zwei Menschen glücklicher hätten sein können, als wir es waren.

V[*]

Mit Steinen in ihrem Mantel beschwert, ertränkte sich Virginia Woolf im nahen Fluss Ouse, an dem sie oft spazieren gegangen war. Ihre Leiche wurde zwei Wochen später flussabwärts gefunden.

Andreas Nohl

[*] Leonard Woolf, *Mein Leben mit Virginia*, Frankfurt am Main 1990, S. 305 f.

Anmerkungen

7 *zu Stagg und Beetle*: stag beetle = Hirschkäfer.

9 *Berkshire-Schweine*: älteste Schweinerasse Großbritanniens, mit schwarzem Fell und weißen Füßen.

16 *Sovereign*: wertvolle englische Goldmünze (geprägt von 1489–1603 und dann noch einmal von 1817–1917, abgesehen von geringen Auflagen 1925 und 1937 sowie einer »Anlagemünze« 1957).

23 *Temple*: Gerichtsbezirk in London.

25 *Barnes Common*: Gemeindeland oder Allmende in Barnes, einem Distrikt im Süden Londons.

29 *Asphodelienwiesen*: In den Elysischen Gefilden wandelten die Seelen der Verstorbenen zwischen den weißen Blumen der Asphodelien-Wiesen, den »asphodelos leimon« Homers, wie man sie noch in Süditalien sieht, zum Beispiel bei den Tempeln in Paestum.

30 *Aber ich kenne eine Haushälterin … Jetzt muss sie gehen*: Die beiden Absätze wurden in der Geschichtensammlung *Monday or Tuesday* (1921) getilgt, während sie in *Two Stories* und in der Ausgabe von 1919 abgedruckt waren.

31 *Charles I.*: geboren 1600, aus dem Haus der Stuart, von 1625 bis 1649 König von England, Schottland und Irland. Sein Versuch, in England und Schottland eine gleichförmige Kirchenverfassung einzuführen und ohne Parlament als absoluter Herrscher zu regieren, löste den Englischen Bürgerkrieg aus, der mit seiner Hinrichtung und der zeitweiligen Abschaffung des Königtums endete.

33 *Whitakers Almanach*: bis heute erscheinendes Nachschlagewerk in England, in dem alle öffentlichen, politischen, kulturellen und statistischen Gegebenheiten des Landes zusammengefasst werden.

— *Drucke von Landseer*: Edwin Henry Landseer (1802–1873) war ein englischer Maler vor allem von Tiermotiven, darunter Porträts der Hunde reicher Hundebesitzer, und schottischen Landschaften. Als Bildhauer schuf er die Löwenskulpturen am Fuß der Nelsonstatue am Trafalgar Square in London.

— *Tumulus*: künstlicher Hügel, meist Grabhügel.

— *South Downs*: hügelige Kreidelandschaft im Süden Englands.

47 *Browning*: Robert Browning (1812–1889), englischer Dichter, der mit seinen dramatischen, oft in der Geschichte angesiedelten Monologen eine eigenwillige poetische Formsprache schuf, so dass Oscar Wilde ihn (ironisch) mit Shakespeare verglich.

48 *Avon*: Fluss im Südwesten Englands.

55 *Borrow oder Scott*: George Henry Borrow (1803–1881), englischer Schriftsteller und Reisender. – Walter Scott (1771–1832), schottischer Schriftsteller, Begründer des Geschichtsromans in Europa und weithin einflussreich mit den viele Bände umfassenden *Waverley Novels* (1814–1831).

57 *»Lügen, Lügen, Lügen!«*: Zitat aus bzw. Anspielung auf Anton Tschechows Erzählung »Das Duell«.

59 *Boadicea*: auch Boudicca (gest. um 61 n. Chr.), britannische Königin und Heerführerin.

63 *Sir Henry Lawrence*: Henry Montgomery Lawrence (1806–1857), britischer General und Kolonialbeamter in Sri Lanka und Indien, fiel während des Indischen Aufstands von 1857.

64 *Strand*: berühmte Straße in London, die historische Verbindung zwischen der City of London und der City of Westminster, die im Mittelalter noch getrennte Siedlungen waren. Heute beginnt die Straße am Trafalgar Square und verläuft nach Osten bis zur Grenze der City of London, wo sie in die Fleet Street übergeht.

68 *Mrs. Siddons*: Sarah Siddons (1755–1831), eine der größten englischen Schauspielerinnen ihrer Zeit.

— *Kew*: Stadtteil im Südwesten von London.

75 *Dekan Swift*: Jonathan Swift (1667–1745), der berühmte irische Schriftsteller, war Dekan der St. Patrick's Cathedral in Dublin.

83 *Wilhelm der Eroberer*: William the Conqueror (1027/28–1087) war ab 1035 als Wihelm II. Herzog der Normandie und regierte von 1066 bis 1087 als William I. auch das Königreich England.

— *Hosenbandorden*: der exklusivste englische Orden. Der Legende nach verdankt er die Bezeichnung einem Vorfall bei einem Tanz von König Eduard III. mit seiner Geliebten Catherine Grandison, Countess of Salisbury. Diese verlor ihr blaues Strumpfband. Der König entkrampfte die entstandene peinliche Situation dadurch, dass er das Strumpfband aufhob und sich selbst an das eigene Bein band. Dabei soll er laut ausgerufen haben: »Honi soit qui mal y pense« (ein Schelm, wer Böses dabei denkt), das Motto des zukünftigen Ordens.

— *»Auf, Stanley, vorwärts«*: »On, Marmion, on«, die letzten Worte von Marmion in Sir Walter Scotts epischem Gedicht *Marmion*.

90 *Dean's Yard*: Dean's Yard, Westminster, umfasst die meisten parkähnlichen Bezirke des historisch größeren Umfangs der Abtei von Westminster, auf denen keine Gebäude stehen.

— *Newcastle-Stipendium*: jährlicher Preis, der am Eton College in England für die beste Leistung in einer Reihe von schriftlichen Sonderprüfungen vergeben wird.

93 *Unze*: in englischsprachigen Ländern geltendes Gewichtsmaß = 28,35 Gramm.

94 *Sturm*: »The Tempest«, Theaterstück von William Shakespeare.

95 *Shagtabak*: Feinschnitttabak.

98 *Wembley*: bezieht sich wahrscheinlich auf die British Empire Exhibition, eine Kolonialausstellung, die 1924 und 1925 im Londoner Stadtteil Wembley stattfand. Diese größte Ausstellung, die je in der Welt inszeniert wurde, verzeichnete bis zu 27 Millionen Besucher.

— *Queen Mary*: Frau von Georg V., der von 1910 bis 1936 englischer König war.

104 *Crome-Schule*: nach dem Maler John Crome (1768–1821), einem der führenden Vertreter der Landschaftsmalereischule von Norwich, die sich an der niederländischen Landschaftsmalerei orientierte.

106 *Gallonen oder Pints oder Quarts*: Gallone = 4,546 Liter; Pint = 0,568 Liter; Quart = ca. 1,136 Liter.

108 *Bathorden*: britischer staatlicher Ritterorden.

109 *Bradshaw … Keats*: der Name Bradshaw lässt sich nicht präzise zuordnen. – John Keats (1795–1821), bedeutender Dichter der englischen Romantik.

— *Korakel*: kleines, kielloses Boot, das aus einem mit Tierhaut bespannten Holzgerippe besteht. Um 700 n. Chr. sollen irische Mönche mit Korakeln die Irische See in Richtung Schottland überquert haben.

111 *Queen-Anne-Haus*: der Queen-Anne-Stil – nach der Herrschaft von Königin Anne (1702–1714) benannt – ist ein historistischer Architekturstil, der im letzten Drittel des 19. Jhdts. vor allem in England Verbreitung fand.

— *Thorney Island*: ehemals kleine Insel in der Themse, auf der die Abtei von Westminster erbaut wurde.

Virginia Woolf (1882–1941) gehört neben Gertrude Stein zu den einflussreichsten Autorinnen des vorigen Jahrhunderts und gilt als Pionierin der literarischen Moderne. Ihre bahnbrechende Abhandlung über Frauen und Literatur *A Room of One's Own* ist einer der meistrezipierten und wegweisenden Texte der Frauenbewegung. 1915 wurde ihr erster Roman *To the Lighthouse* veröffentlicht. Neben ihrer Tätigkeit als Autorin arbeitete sie als Essayistin und Literaturkritikerin. Nachdem sie 1941 die Arbeit an ihrem letzten Roman *Between the Acts* abgeschlossen hatte, wählte sie am 28. März desselben Jahres den Freitod. Bei Steidl erschienen ihre Essays *Brief an einen jungen Dichter* (2019) und *Beau Brummell* (2015).

Liat Himmelheber sang an der Kölner Oper, am Münchner Gärtnerplatztheater und am Staatstheater Augsburg die wichtigsten Partien des lyrischen Mezzosopranfachs und wirkte an zahlreichen Uraufführungen Neuer Musik mit. Als Übersetzerin hat sie mehrere Romane und Sachbücher aus dem Englischen übertragen, zuletzt von Katherine Mansfield *Die Aloe* (Steidl 2021).

Andreas Nohl, Schriftsteller, Übersetzer und Herausgeber. Bei Steidl liegen seine Übersetzungen von Stokers *Dracula* und Kiplings *Dschungelbuch* vor. Zuletzt ist von ihm erschienen *Das Handwerk des Schreibens. Essays und Kritiken zur Literatur*.

Steidl Nocturnes

Erste Auflage November 2022

Lektorat: Claudia Glenewinkel
Umschlaggestaltung: Paloma Tarrío Alves / Steidl Design
Buchgestaltung: Gwenda Winkler-Vetter / Steidl Design
Gesamtherstellung und Druck: Steidl, Göttingen

Steidl
Düstere Str. 4 / 37073 Göttingen
Tel. +49 551 49 60 60
mail@steidl.de
steidl.de

ISBN 978-3-96999-114-5
Printed in Germany by Steidl

Auch als eBook erhältlich

☾☾● Steidl Nocturnes

Herausgegeben von Andreas Nohl

Robert Musil
Der Fall Moosbrugger
Aus: Der Mann ohne Eigenschaften
128 Seiten

Prosper Mérimée
Tamango
Novellen
128 Seiten

Richard Middleton
Das Geisterschiff
Erzählungen
112 Seiten

Katherine Mansfield
Die Aloe
112 Seiten

Marcel Proust
Das Ende der Eifersucht
Frühe Erzählungen
112 Seiten

Luigi Pirandello
Die erste Nacht
Sizilianische Novellen
144 Seiten

Virgina Woolf
Die Witwe und der Papagei
Erzählungen
128 Seiten

Nikolai Gogol
Das Porträt
Drei Petersburger Novellen
160 Seiten

G.K. Chesterton
Die Bäume des Hochmuts
Erzählung
128 Seiten